“海岸线”美文典藏

# 千古风流

张建光 著

海峡出版发行集团
海峡文艺出版社

# 目录





## 十方形胜



## 千古风流

## 九曲流觞



## 附录

十方
形胜

榈枝杆挺拔，绿竹蓬勃向上，那被称为植物化石的桫椤也不罕见，有专家说这里是同一纬度中唯一的生物绿洲。然而，温柔仅是延平湖的一面，每至汛期雨季，她不再低眉顺眼、温情脉脉，完全是另一副陌生狰狞的面孔。天河倾倒，波涛汹涌，惊雷拍岸，穿云裂空，飞沙走石，一派浑黄。所有江湖险恶的描写都可以从这里找到佐证。似乎百年的脾气作一时的暴发，冲天的愤怒竟一刹那宣泄。容不得商量，不接受劝慰，像猛兽般一路咆哮着冲向堤岸、房屋直至无辜的人们，天地间满目疮痍，处处"水殇"。

延平湖水极具神秘，寻常日子里静如处子、安若止水，鱼跃舟过，才会泛起轻微的涟漪。如果没有漂浮物作为参照，简直分不清她是向东还是向西。一湖常常如镜，倒映的云朵可数、人面可辨。然而都说云为鹤故乡，水是龙世界。风云际会的延平湖当然也与龙有关，只不过她的故事因剑而起。中国从夏商开始，青铜滥觞，传世名剑横空出世。这些吴钩利剑或以地名、或以人名。干将、镆铘是雌雄双剑，也是一对夫妻。冷兵器时代，拥有一把宝剑利刃，就意味着权势和江山。所以楚王收到干将三年苦铸的雌剑后便杀了铸剑者。谁知干将已将另一把雄剑和让子复仇的遗嘱交代给了妻子。眉间广尺的儿子以自己头颅和宝剑相托，请一位侠客杀了楚王，但双剑从此下落不明。六百年后，太子少傅张华和天文学家雷焕观看天象，认为江西丰城藏有传世宝剑，张遂派雷前往当地为令。雷焕果然挖掘出干将、镆铘雌雄二剑，于是将干将献给张华，镆铘留给儿子雷华。后来张华在兵乱中被害，干将也去向不知。那日，雷华从建瓯顺水乘船南下前往福州任职，"翩翩公子，剑佩玲珑"。船至延平，腰间的镆铘出鞘入水。人们下水寻找，只见两条黑白大龙，缠绕相依，嬉波弄浪，湖上"雨师檄奔，雷公鼓窜"，应了先人之见"天生神物，终当合耳"。这个故事流传甚广，最早见诸中国古代志怪小说《搜神记》及延平县志等。鲁迅先生据此创作了《眉间尺》小说并被翻译到日本。江西丰城大做“双剑”文章，建有“剑匣亭”和纪念馆。世博苏州馆将复原的“干将镆铘”连同传说一起展示。而延平因为“双剑化龙”传说，留下了“剑津”“龙津”“剑浦”“南剑州”等相关地名。中国古代有十大名剑，其中干将镆铘的身世最为扑朔迷离。究竟雷焕掘出的宝剑是“龙泉太阿”，还是“干将镆铘”？镆铘有否以身殉铸宝剑，如此又哪来遗腹子代父报仇一说？雌雄宝剑为何千里迢迢到福建延平化龙？不过，对于双剑化龙的地点倒没有任何的异议。龙在中国传说中是权势、富贵的象征，也是幸运成功的标志。在天腾云驾雾，下海逐浪翻波，上岸呼风唤雨，可谓神通广大，变化无穷，百姓则认它吉祥护佑，因而成为最大的图腾崇拜和心理依靠。延平古人赞曰：“剑津之水，滔滔弥弥。丰城宝刀，飞聚于此。化为双龙，奋腾而起。潜见飞跃，时行时止。泽被万物，功莫大矣。”据说全国类似延平之水的湖有数千个，而像这样神秘富有文化的，无谁能够出其左右。



## 二

不息延平湖，流淌着中国思想文化的“活水”。

水流过就是历史。子在川上曰：“逝者如斯夫。”乾坤日夜浮，岁月风波里。延平湖水的浪花却淘不尽历史英雄。黄巢、文天祥、辛弃疾、宋慈、海瑞、郑成功、纪昀等等都在延平湖畔留下了足迹。不过能够击水三千，穿越时空引起后世巨大回响的当数“延平四贤”。明朝的徐即登临“四贤祠”后十分感慨：“闽海山川此上游，千年学脉四贤留。南来吾道传心印，虚过一生愧汗流。未发直教看气象，大成还拟接尼邱。夜深坐看寒潭月，剑气依然贯斗牛。”四贤不仅名列孔府祠祀为闽北争得荣誉，而且在中国思想文化的历史星空中光彩夺目。

——程门立雪。两汉以后，佛入中国，道教崛起，满朝非释即老。作为中国主体文化的儒学日渐式微。一批批道统之士奋起捍卫。

北宋的程颢、程颐兄弟在河南洛阳创建“理学”，以复兴发展孔孟之道。此时中国的军事经济和人口都向南迁徙，思想文化也必然向南转移。游酢、杨时义无反顾地担当“道南第一人”的重任。公元 1093 年的冬天，他们站在理学大师程颐屋檐下准备拜师，先生正坐而冥思悟道，两位没有坐下，也没有走开，怀着对真理和老师敬重虔诚站立着。这一站，站出门外积雪一尺多深，站出教育神圣、师道尊严的千古佳话。

——奥学清节。罗从彦可以作为“道南第二家”。他的学说上承杨时，下传李侗，在朱子理学发展中发挥了起承转合的重大作用。从彦白璧仲素，自幼聪慧。三岁启蒙，十岁能诗。他的生活十分淡泊，甚至到了清苦的地步，求道却意志刚毅，筑室山中一十五年，潜心研究著书立说，终成一代名儒。宋理宗尊其为“文质”，明朝廷封他为“先儒罗子”。而康熙大帝亲自为罗从彦祠堂手书匾额“奥学清节”。罗从彦追求真理的自觉，按朱熹所说让人“可畏”。他初听杨时之课时，竟然“汗惊浃背”，觉得“不至是，几虚过一生矣！”为了到洛阳拜师程颐，凑足盘缠，他毅然决然地把家里田产卖掉。这一卖，卖出了自己本来安逸生活，卖出了理学家“为天地立心，为生民请命，为往圣继绝学，为万世开太平”的崇高境界。

——冰壶秋月。和仲素先生拜师有同样心境的是李侗，曾经动辄痛饮数十杯，高兴跃马几十里，听了罗先生一堂课后深受震撼，人生志向发生了根本改变。他一生不仕，只求道统不说，还“不著书，不作文，颓然若一田夫野老”。他对孔孟之道拥有精辟独到的理解和发展。其中有关“静”的哲学范畴，给后人留下了宝贵的精神财富。他把“静”作为治学求道的手段，又把它作为修身养性的最高境界。在静中看喜怒哀乐来发之气象如何，然后格物、致知、正心、诚意、修身、齐家、治国、平天下，由“内圣”而“外王”。李侗先生从 24 岁“静”起直至终老。这一“静”，静成了康熙大帝手书封赐“静中气象”，“静”成了鉴定道德高下“冰壶秋月”般的千古明镜。

——理学素王。和李侗拜师同样巧合的是，朱熹投于延平先生门下也是24岁。他在赴任同安主簿路经延平时，按照父亲生前嘱托正式拜李侗为师。此后十年，交往仅有数次，鸿雁传书却颇为频繁，最多一次李侗曾修书七封。李侗的思想观点深深影响和改变了朱熹。他为朱熹应对皇帝之招示策，指出抗金的正义和收复中原的方略。最重要的是李侗为朱熹正心。朱熹学识渊博，道心正统，但早年经常“出入于释老”，耽于佛理，热衷禅宗。李侗对此正颜厉色要求他清除思想中的佛风禅雾，朱熹深受震动，正本清源，于是“逃禅返儒、返璞归约”，实现了思想上关键飞跃，为他成为一代理学素王打下了牢固基础。李侗走后，朱熹将师生来往之间教学、探讨、辩论的思想观点编成《延平答问》，虽然全文仅两万余字，但思想深邃、字字珠玑。这一问一答，问出了理学致广大、尽精微的答案，问出了宋以降至今八百多年中国主流思想文化的奥秘。



很难说明“夫以一郡之狭，四邑之小，二三百里之近，百年之中，乃有四贤并生于一时，上承下启，以延千万年道学之脉。”古人认为，延平与四贤堪比孔子与鲁、孟子与邹，是斯文之宗、“海边邹鲁”“道南理窟”。四贤在延平湖畔举行了百年文化接力赛，薪火相承，直至点燃中国文化燎原大火。四贤又像是思想的弄潮儿，立于一个又一个潮头之上，终于开辟了中国思想文化之旅。智者若水，四贤的思想创造无不得益于延平湖水。四贤是思想者，更是大诗人。延平湖水不断出现在他们笔端纸上，有的则直接作为他们理学观点的寄托和形象。朱熹的“半亩方塘”如此，罗从彦也寓水说理：“彩笔画空空不染，利刀割水水无痕。人心安得如空水，与物自然无怨恩。”钱钟书说过：“大抵学问是荒江野老屋中，二三素心人商量培养之事，朝市之显学必成俗学。”荒江野老那是学问未成之时，而四贤之后，闽江自然就成为名江了。

## 三

延城之水不时荡开涟漪，像思想者沉思的面庞。她总想告诉我们些什么？

依水建城。人们总以为延平是山城。她的山的确不凡，茫荡山茫茫荡荡，九峰山峰峰见奇，玉屏山步步有玉，石佛山处处见佛，如此山峰城里城外不下十座。然而，延平最大的特色在水，最美也在水。人到延平最认可的就是江滨大道。那是因为水口电站建设，圈成了面积一百多平方公里、库容26亿立方的人工湖。湖的北面江滨建成了绝佳的景观带。十里江滨，一路亭台楼阁，一路园林春色；一路烟雨朦胧，一路市井风情。每当华灯初上，霓虹映照着湖光，笑语与涛声混合，整座城市在灯影桨橹中摇晃，心旌和生活便慢慢地醉了。延城地理最大优势和特色在水。水有灵性，水起风生，水是一个城市的“绿肺”和诗意，一应山峰建筑皆因水而生动。古人云：“风水之法，得水为上，藏风次之。”山主贵，水主富。好在重水观念逐步成为共识。新一轮规划就是围绕延平湖水展开。三江堤防修建三条滨江大道，全长81.3公里，新建或改造15座跨江大桥。桥和桥之间形成一个又一个面水环区。沿路多是亲水阳台、长廊园林，最大限度地露水、亮水、透水，桥和通道不是简单的交通，而是带有地标性质的景观。如是，城在水中，山在水里，家在公园住，人从诗画游，好一座东方的威尼斯。

顺水而为。都说一方水土养一方人，但一方水土能养几多人？应该有个极限。超过一定的度，人与自然争夺空间，再柔弱不过的流水也会还人以颜色。今年以来，洪涝灾害波及全国，浸透百城。据不完全统计，水患累计造成了3亿人受灾，66.7万公顷农作物被淹，2100人罹难或失踪。我们在反思中，怪罪太平洋季风飘忽不定的极端气候，谴责全球天气变暖。但是我们冷静想想，就会发现许多人为因素。原生性的阔叶林几乎砍伐殆尽，单一树种的人工造林，毫无节制的垦复开荒，插蜓一样的建房，外科手术般修路，如同盗墓似的挖矿，还有杂乱无章的城市化，凡此种种，加剧了人与自然的矛盾，让水悲伤，让水哭泣。要知道，人类多大程度上征服自然，自然也就在多大程度上报复人类。君不见，几十年削峰成墩，挖山填谷，然而一夜之间，山洪就把它冲回原样。人类是从水中诞生的，也是依赖水生存发展的。中华民族五千年的历史离不开水。大禹治水尚且知道"疏""堵"结合，强调科学发展观的我们更应亲水、爱水，首先要畏水、敬水，把水作为自己身体中的血液精心呵护，像敬畏神灵那样虔诚待水。

以水为师。大凡圣贤哲人都是水崇拜论者。老子更为突出，他赋予水一个极高哲学含义：善。他认为，水有道性，上善若水，水利万物而不争，水处于低下容纳百谷而为王，水虽柔弱却能百战不殆。水确实可以作为良师益友，有人甚至极端认为水能医治百病。思想大师总是寓教于水，教育启迪我们。当你我踌躇满志、忘乎所以时，水会警告：当心暗礁，注意漩涡，"水能载舟，亦能覆舟"；当你我墨守成规，裹足不前时，水会启发："人不能两次踏进同一条河流""流水不腐，户枢不蠹"；当你我遭遇挫折，心灰意冷时，水会提醒：新生事物总是波浪式前进，螺旋式上升，越过激流险滩，前方海阔天空；当你我感到人微，不能坚持时，水会鼓励："柔之胜刚"、水滴石穿，涓涓细流、汇成大江。不必等到夜半时分，只要用心聆听，延城之水告诉我们的绝对不止这些。

# 芝城之母

## 一

一座以女性为主题的城市，我觉得。这是芝城给人的第一印象。

建筑是城市性格的岁月定格。历史上芝城曾为府，曾设司，曾经建过都，但整座城市却没有丝毫傲人的霸气，城里城外找不到几幢高楼大厦。末代闽王留下的宫室五凤楼，其规模也只有三层木结构。最有趣的还属孔庙，本来作为一方神圣所在，当时当地又不缺栋梁大材，可庙内不少梁柱用的是弯曲不一的等外木料。古城的布局倒也规整，以城中心的十字形街道为主，一个连着一个延伸开去。于是形成众多曲径通幽的小巷，有说六十条，也有说八十条的。走进巷中，家家户户生活场景可见，唠叨絮语可闻，不知不觉中你就成为家庭中的一员，格外温馨受用。尤其在夜间，多少醉酒夜归人，左边砖墙一撑，右边土墙一靠，踉踉跄跄但能平平安安回家。相对于现代化的都市而言，芝城城市的格局和气势，怎么看都像是一位“小家碧玉”模样。

小吃是城市性格的风味符号。食在芝城，闽北最多最有特色的小吃尽在建瓯。多少人谢绝山珍海味的年货，独恋那肉厚质嫩、通体透明还留着三根鸭毛的板鸭；多少人起早贪黑，赶赴芝城就好那口清香爽口、滑溜多味的豆腐酿粉；多少人把诗赋献给那闷烩蒸煮、鲜干可食的四时竹笋；多少人把仅存记忆留给建瓯的锥栗、田螺、米粿、糍粑……今天最让人称道的可能还是房村光饼。当年戚继光发明的这种战场面饼，日后却成为有心芝城人独有的风味小吃。小城以特殊的形式天长日久口口相传地纪念这位将军的伟大爱国豪情。芝城小吃的名字饶有趣味，低俗到什么“鸡茸”“纳底”之类，一听就会从琳琅满目香味俱佳小吃背后，看到一个个忙碌能干的芝城女子的身影，可谓“巧妇能为有米之炊”。

女子是城市性格的形象代表。时下“美女经济”“眼球经济”盛行。每出现一位“女明星”“形象大使”“超女”“快女”，人们都会打问何方人士。闽北人也不例外，她们的排行榜为“一瓯二浦三邵武”。也许这是人们茶余饭后的笑谈，不过马可·波罗却很把它当回事。1292 年意大利著名旅行家马可·波罗由江西上饶翻越武夷山分水关进入闽北，一路观景睹物看人。6 天后来到当时闽疆最大城市芝城，他惊奇发现“这地方的女人美丽标致，过着安逸奢华的生活”。马可·波罗的结论不是心血来潮一时兴起，他是在中国逗留 17 年，阅城无数阅人无数后回到威尼斯在狱中同作家鲁斯提契洛合著《马可·波罗游记》时作出的判断。芝城女性之美当然源于她们的天生丽质，不过造就她们气度禀赋的还有几个原因：一是外来人口多。自东晋开始，“衣冠南渡，八姓入闽”。据《八闽通志》言，建州备五方之俗，“自五代乱离，江北士大夫、豪商巨贾，多避乱于此”。当时建州一半人口皆为外迁而入的。二是穿着漂亮。芝城很早就能生产比较高级的丝麻织品。其工艺流程司马光在《资治通鉴》中做过详尽说明。据说宋徽宗皇宫殿柱升降龙花纹的织锦柱衣，百做不成，就连巧手闻名的川蜀工匠也无法，最后还是芝城的织锦高手依图织成，施之殿柱竟然吻合不差。试想元代的某天，金头发蓝眼睛高鼻子的马可·波罗打从芝城走过，看到一个个身穿绫罗绸缎、婀娜多姿、肤色白皙、打扮入时的芝城“窈窕淑女”，他的眼睛肯定为之大亮，对此留下深刻印象，以致十多年后仍然挥之不去。

芝城的温柔高雅还表现在其他方方面面。几年前我们组织编写一套“南平历史文化丛书”。芝城一卷的书名，文友们毫不犹豫定为《风雅建瓯》。理由说了很多，还以文物佐证。建瓯出土文物中，器乐占了很大分量，如商周时期的青铜大铙、宋代的铜瓯，前者是王公诸侯的礼乐重器，后者是平民百姓的娱乐伴奏。面对它们，你我心中一定会涌起几多柔情蜜意。《建瓯县志》将此城性格概括为“其民柔脆，惮于远行”。芝城人最激烈、最普遍的游戏可能就是“猜拳”吧，建瓯人好客好面子也好闹酒，逢喜必宴，逢宴必酒，逢酒必拳。场面上看去，双方剑拔弩张、面红耳赤，好像一场没有硝烟的战斗，不过听听那充满良好祝愿的拳词和近似古汉语的方言音调，仿佛他们是在演唱一首首古典清音。

## 二

说这座城市温柔大于阳刚，还与一位不凡女性有关。

那天我站在芝城公园练氏的铜像前，一千多年前一样的阳光洒落在我们的身上，她怀抱的柳枝拂去岁月的封尘，伴着微风缓缓叙述那感天动地的故事。

《建瓯县志》记载：“五代。练氏名隽。章仔钧妻。才识过人。小校王建封违军法当斩。练氏活之。逃至江南为将领。南唐伐王延政，命屠其城。建封率所部，倍程趋建。令军中勿得擅杀。遣军吏先入城，访练氏。知无恙。乃步至其家，拜曰，吾辈曾蒙夫人恩活，岂敢忘报。夫人亲戚内外，乞录示姓名，当保全之。且使植旗于门为号。氏返，旗不受。曰，军贼附乱。止三十五六人。今城中居民不下六七万口，妾不先死而贪生可乎？氏愿杀一身，以死免城中老幼。于是建封感其言。止戮其附乱者。余皆全活。后章仔钧子孙累世显官，人以为活人之报。”

市志记载与后来的传说有几处美丽的出入。志书言，王建封求练氏植旗为号以便南唐军保全其家。但雕塑却是手揽柳枝。后人每到清明纪念练氏，也是家家户户门前插柳，个中原因何在？古代人折柳、戴柳、插柳，借柳寄情，含义丰富。折柳赠别。“柳”“留”谐音，不尽挽留、留恋之意。诗经云：“昔我往矣，杨柳依依。”戴柳驱邪，因而清明时节为之。插柳为祝愿，柳枝“春常在”，生命力强，离树之后只要有阳光水分，便可立地成活。实际上，插柳之习可能更多的是为纪念介子推而来。春秋时代，介子推与晋文公重耳共患难，却不愿同一朝，背着老母搬进绵山。晋文公为了逼他出山共事，下令放火烧山，没想到介子推母子抱着一株老柳树烧死。为了纪念他，晋文公把绵山改为“介山”，赐老柳树为“清明柳”，同时把这一天定名为“清明节”。芝城百姓，清明寒食，插柳成习。一为纪念练氏，一为祈求平安。这与佛教中观音菩萨以柳枝蘸水普度众生之举颇为相似。人们把练氏当作了芝城观音。由此便能理解为什么旗帜变成了柳枝。



史话常言“春秋无义战”，我则说，南唐更荒唐。大唐盛世后，大一统的王权一分为十，甚至更多。地方割据，群雄并起。今日得意为主，明日阶下作囚。原籍河南光州固始县的王氏兄弟，也在唐末动乱中揭竿起义，率部渡江南下，尽得闽中五洲之地，建立了闽国政权。925 年闽王王审知病故，其子互相攻讦，兄弟阋于墙，而福州和建州形成主要势力，展开尔虞我诈的闹剧。王延政执掌建州时，先是刺史，后觉不过瘾号称富沙王，最后干脆独立称帝，与闽都福州分庭抗礼。时而与福州联合，反击来犯的吴越国之师；时而发兵围攻汀州；时而联合吴越与福州交战。烽火连天，鸡犬不宁。身在五代十国乱世的练氏，也许没有很高思想境界，但却有芝城女性的贤惠慈悲。当其夫手下的校尉王建封违反军纪当刑之时，练氏动恻隐之心，出面保释。后来建封投奔南唐作了将官。南唐部队围攻建州，建封听说练氏还在城内，为了报答当年救命之恩，他步行登门拜访并表示负责内外亲戚的人身安全。练氏的回答却是：今城中居民不下六七万人，我宁愿先死而不贪生，能否以我一死来免除城中老幼的劫难？建封被练氏的大爱感动，于是放弃了屠城之念，只杀了少数忤逆叛乱者。那条条柳枝就像是象征和平吉祥的橄榄枝。

美丽的出入还有“练氏夫人”的称谓。练氏夫君为章仔钧，闽国西北面招讨使，浦城人氏。天佑中年，王审知据福州，礼贤下士，广揽治国良方。章仔钧献策有三，闽王力荐朝廷，遂得此官。作家南强先生告诉我，练氏当称章氏夫人，或练氏才对，但是口口相传却是“练氏夫人”。我的理解是练氏救城义举，已经超乎她的姓氏，甚至压过了担任相当刺史大官的丈夫，虽然封建社会妻以夫贵。是不是章氏夫人并不要紧，世世代代的芝城人只认“练氏”，把她作为共同的母亲。史实也是如此，练氏去世时，芝城官员百姓全城哀悼。打破城内不得建墓惯例，把她葬在州署后堂，立碑尊之为“全城之母”，后唐封其为“渤海郡君”“贤德夫人”，宋仁宗赠封她为“越国夫人”。芝城志书也从她开始打破只列烈女的体例增加贤女，“于五代补入练氏，以全城才识为历代贤媛楷模。庶足增斯志光也”。寇准、朱熹、文天祥等爱国之士纷纷题诗赞之，明成祖还亲笔赠诗二首，一句“千古犹称练氏贤”响彻古今。

## 三

也许练氏的善心义行一举奠定了芝城气质的基调，于是这座城市的历史天空便弥漫着母爱的浓厚气氛。

芝城告诉我们，母爱是孕育。用自己的血肉之躯再造生命，延续人类。芝城是闽地之母。她是全省县城土地面积最大的城市，至今还有全国最多的竹林和锥栗林，其人工种植的万木林也是中国南方之最。芝城是闽水之母。崇阳溪和七星溪在这里合成建溪，然后经延平汇入闽江，成为闽水的重要源头之一。芝城还是闽史之母。建瓯设县在公元 196 年，东汉汉献帝建安八年立都尉府，统领全闽。此后很长时间，人们称闽都以建安或建州谓之，直至公元 733 年，唐玄宗授福建经略使辖管全闽，才以福州和建州各取一字组成“福建”地名。芝城于闽，在汉为第一郡，在唐是第一州，在宋则是第一府。当时歌谣这样礼赞芝城：“令我州郡泰，令我户口裕，令我活计大……令我家不分，令我马成群，令我福满园。”芝城以广袤的土地、丰富的物产、厚重的文化，哺育了闽北，甚至成就了福建。

母爱的哺育之恩，不仅仅是人类的繁衍、衣食供给，更是聪明才智的培养、文明薪火的传承。母爱是启蒙。闽北历史上曾出现过 2000 多位进士，其中 1300 多位来自芝城。学而优则仕，进士中任宰辅级的有六名、尚书刺史级的有数十名。因而此邑成为中国为数不多的进士县、状元乡。文学、历史、科学、艺术领域也是人才济济。史学家袁枢、外交家徐兢、学者藏书家黄晞、词画家吴激、易学家吴秘、音乐家吴棫。如果加上曾在建瓯成长生活为学为官的名人，那更是数不胜数。建瓯孔庙内竖有一块进士题名碑，碑文中说：“朱子明孔子之道，其学引天下自建始，故建之学者亦多。”一代理学宗师朱熹也得到过芝城雨露的滋润。他七岁随父迁居芝城，后来经常过往建瓯，他的长房裔孙们更是定居于此。城里城外留下不少朱子遗迹：对镜写真像、徽国朱文公祠、博士府、画卦洲、建安书院、艮泉井。他对芝城的感情很深，从其所作《艮泉铭》里就可以看出：“凤之阳，鹤之麓，有屼而状。堂之坳，圃之腹，斯瀵而沃。束于亭，润于谷，取用而足。清于官，美于俗，是为建民之福。”芝城开启了朱熹圣贤之路，而朱子则为中国文化开辟了新的纪元。一个地方文明智慧开掘，有形的原因取决于教育的重视和发达，无形的是世俗家风，古代的芝城恰恰都做到了。芝城学校最为鼎盛时，讲堂斋舍有 300 余间，生员 1328 人，全城家家户户“家藏诗书，户有法律”，知书达礼、贤惠勤劳的母亲则理所当然成了孩子们开蒙启智的第一老师。

如果说母爱的深度是智慧，那么她的长度就是不懈的坚持。这种坚持不计代价，不求回报。母爱是奉献。有时它像震天的惊雷，义无反顾，不及掩耳；更多时，它像穿石的滴水，长年累月沉默而又顽强。芝城历史上不乏大忠大义之人。南宋吏部尚书袁说友，因为宋光宗久不临朝，竟连上八次奏疏劝谏，朱熹官职被罢，满朝避之不及，他却直言上告为其鸣不平；吏部尚书李默，“进贤拔滞，秉公执正，严嵩不得引用一私人”，赢得明世宗“忠好”褒奖题词，并允许禁中乘马；南宋盐贩首领范汝为，揭竿而起聚众十万“势摇吴越”；新民主主义革命时期杨峻德，创建闽北第一个党支部，用生命和鲜血昭示革命的真理。不过芝城人的奉献更多表现为“万木林”的精神。那是元朝末年，乡绅杨达卿为了根治芝城旱灾，庇护家乡，定下一个规矩：凡在大富山植树一株，酬以斗粟。村民们“斗米株树”满山种植，久而久之甚至不需杨家验收，凭口头报数便可领到谷子。杨乡绅还约束子孙世世代代封禁山林。几百年过去了，这里形成了166公顷人工森林。1958年，国务院颁令确定其为重点保护的国家封禁林。无独有偶，新中国成立后名噪一时的葛兰妹女子耕山队，进一步践行“万木林”的精神，在种下一株株树木的同时，也将代代相传的芝城传统美德种下。

# 熊城之雄

## 一

大凡政和人都有种英雄情结，不过造物主却给他们开了不大不小的玩笑，把这个县城简称为“熊”。原因是城关有座熊山，相传古时有黄熊见于此。曾几何时，有人建议入城处塑个熊，结果大家一致反对——总不能让路人说政和人“熊样”吧。



政和城区有三座代表性山峰。闽北文化人林文志先生称之为“三山秀熊城”。其实它们给人的印象是壮美和庄严。熊山也被尊为弥勒顶，它似弥勒坐龛，正大雄伟，把街道逼仄成山脚沿溪一线，十里长街竟然形不成一个十字路口。溪对岸由筹岭头发支而来的飞凤山，与青龙山、状元峰连成一体，虽是丘陵山地，但建于其上的革命烈士纪念碑直指云霄，拾级而上仰之弥高。相对而言塔山更是不高，然而山上却有气度不凡的七星宝塔，高座于佛子山山阳，压镇县城溪流水尾，远望近观都能给人心灵不小的震动。

政和更有气势的山川不在城里。出城往西走，五里外佛子山与后贝山麓对峙，形成县治第一重锁钥；十里外，相邻峡与赤岐下尾山对峙，为县治第二重锁钥；三十里外，马面山与西津对峙，为县治第三重锁钥。出城向东向北向南，愈行地势愈高，英雄气象更甚。海拔陡地从两三百米上升到近千米，一座山岭盘山到顶的公路竟有十几公里。不是几座山峰，而是连绵成上千平方公里，高山半高山在政和全境三分天下有其二。整个是山的王国，福建高原。县志云："其形势则崇山峻岭，高者万寻，低者数十仞，势若熊立虎跑，或起或伏，为游龙蜿蜒，不可测度。"古人认为这些山峰是省会主山正干，实际上是鹫峰山脉横贯政和全境。福建像政和这样突出的二元地理，除了武夷山外，恐怕很难有其他地方出其左右。明代政和知县郭斯垕曰："风帆渡海瞻蓬岛，鸟道横空近武夷。"葱然直上四百旋，君临政和高山，便可以领略不同于平原盆地的风物景观：道教琅环福地洞宫山，幽深莫测；国家级风景名胜佛子岩，峥嵘深锁；奔流直下四百余米的九层际，落花飞雪；海拔 1597 米的香炉尖，如梦如幻；夏天都会冻死鸭子的气候，不寒而栗；枝繁叶茂的倒栽杉，独木成林；卧波枕涛的廊桥，笑看风雨；戏曲活化石"四平戏"，苍凉古意。政和，山有豪放气，水亦不样声。都说"一江春水向东流"，而流经政和城关的七星溪竟然一路向西，会合建溪，联合富屯，然后形成闽江奔腾出海。

如此豪迈山水，按想应该能够风云际会，"瑰奇郁积数百年，知必有伟人杰士诞毓其间，人文蔚起。"不过后来发展并没有像先辈所预测的那样。虽然政和经过朱松的过化，如果晚上三两个月，"三代下的孔子"朱熹便会诞生于此。然而，翻开志书，进入眼帘的尽是重重灾难："政和，建下邑，僻居山陬。元明以来叠经重寇，地瘠而俗少华，寇重而文献之就衰者。"除了地震以外，政和经历了几乎所有自然灾害的袭击，直到 20 世纪依然如此。风来了成灾，雨来了有害，没雨没风就有旱，或者冰雹，什么都没有的时候，莫名其妙的大火又一场。仿佛上苍要成就政和人的英雄品格，非饿其体肤、劳其筋骨、苦其心智不可。贫困长期像大山一样压在政和人肩上。饥饿的阴影始终笼罩这片土地的上空。新中国成立初期，高山区、半高山区大都划入二区五区，所以"二五区"成为政和贫穷落后的代名词。一部政和的历史，就是与贫困和自己命运抗争的历史。

政和县最早的县名是关隶，乍听起来不免有悲戚的感觉。因为有人按字面上含义理解为关押奴隶，读了有关文史方才明白这是个误会。担任过政和县尉的朱熹父亲朱松指出“关隶当作闽隶”。周礼上记载，“闽隶掌役畜鸟”。《三山志》称：“闽与关相似而讹也，王潮不知书，遂以关隶名其镇。推原关隶所以名里，盖其里之人于周时曾为闽隶。”繁体字的关与闽，对于没文化的时任当权者确实很难分清。不过关隶两字总让人联想到奴隶起义，诸如斯巴达克之类。然而，历史上政和确实与战争结下不解之缘，历朝历代战祸几乎不断。唐乾符年间，黄巢农民起义军与朝廷部队大战于政和，结果建州刺史李彦坚自刎，唐御史杨惠明被斩，唐将蔡伯元遭杀，福建招讨史张瑾全军覆没，朝野上下为之震动。宋代绍兴起，“建州凶”，范汝为起义波及政和，“民多避山谷”。元至元十七年（1280），政和人黄华以本邑为据点率众两度起义反元，号“头陀军”，并联合浙江丽水畲族女首领等部队，一路攻城掠镇，最后虽然兵败自焚，但却撼动东南半壁江山。明正统十二年（1447），叶宗留在政和铁山锦屏银矿揭竿而起，队伍发展到十万余人，斗争坚持了四年之久。到了清代康熙三年（1664），知县马三彦为防战事沿溪修建城垛，然而“寇陷城，文庙、县署皆毁”仍然时有发生。到了近代土地革命时期，阶级斗争更是风起云涌。地方党史专家范强先生专门撰写了一部政和革命斗争史话，精辟地总结了当地二十二年革命的四大特点，即历时久远、地域广阔、英雄众多、事件纷纭。按他的描绘：“政和的革命历史真似一幅波澜壮阔、光辉灿烂的画卷。”



政和人总体性格开朗刚烈，甚至近乎潇湘人自称的“蛮”。他们可以为了信仰、为了主张、为了值得信赖人的一句话，拿出自己的一切。政和有句话“把头给你做菜墩”，讲的是如果情投意合可以将脑袋作为切菜的案板，让你在上面为所欲为。“文革”时县城两派火拼，一派落了下风，便到乡村发动农民。不出几日，数万农民抬着松树炮，抬着土铳，举着扁担包围了城关，那一派见势作鸟兽散。政和人耿直豪爽，就是告状上访也是行不改名，坐不改姓，直接到邮政局发明码电报。政和人豪爽中又见大方，你到农户家恰好碰到用餐，主人不管认不认识你，无论是官是民，首先问吃了没有？不等回答主人立马让座，添碗添筷。黄巢与张瑾大战，他们既感念黄巢的勇猛，将激战九次的地点改名为九战丘、节山改为英杰山、念山称为黄念山，同时又敬佩张瑾等一干战将的忠毅，盖庙祭祀。这两年整个经济都在下行，在外打工的政和人却慷慨解囊，支持家乡的教育。2013 年春节前，上海政和籍企业家一次就捐款 2000 多万元，加上各乡镇成立教育基金累计近 2 亿元。

## 二

陈贵芳——最具政和元素的大英雄。

那次政和发生了较大规模社会群体性事件，派驻了部队还不能平息事态。省上指令陈贵芳星夜赶赴当地帮助解决，他领命后向组织上建议，撤出部队，重新考虑群众合理的要求。随后，他仅带一名助手乘着吉普车来到政和。一番工作，局面很快稳定下来。末了群众疏散回村之前提出了一个意想不到的要求，希望都能够面见“陈牯老”。一场可能酿成冲突的风波，竟以欢乐握手话别结局。为什么政和百姓对陈老英雄爱戴崇拜如此，他的身上有着怎样迷人的品格魅力？

其勇，所向无敌。“闽北有个陈牯老，敌赏三千买他脑。坎坷一生仍自若，革命精神永不倒。”这是项南同志给陈贵芳的盖棺定论。陈牯老是个乳名，“牯”在辞典里是指木车的前胡，当地方言中，不知是不是陈贵芳的原因，它却代表着强劲和坚韧。陈牯老出生政和东平镇高山村的穷苦农家。“出乎我的想象，初次露面的陈贵芳，并不像传说中的神奇魁伟，他那又矮又瘦的个儿，孩子似的面孔和性格，满口的地方方言，有时还带着结结巴巴的口吃。”一位老同志在回忆录里如此描写他。就是这样一位地道政和佬却有着传奇的经历和横刀立马的声威：他 13 岁成为红色儿童团团长，随后每次职务更迭都是战功建立和革命事业的发展；担任区委书记时，深入虎穴与国民党当局谈判，促成当地抗日民族统一战线形成；任政和县委书记时，政和被省委评为“模范县”；任特委书记时，主动率领部队接应“赤石暴动”的新四军战俘；任闽浙边地委书记时，独立应对国民党 20 个团的军事围攻；任省委常委、闽浙赣人民游击纵队副司令时，他率队挺进江西，配合陈赓兵团，解放了福建。“陈牯老”“陈牯老游击队”几乎成了闽北革命斗争专用词语，也是令敌闻风丧胆的称呼。项南同志诗中所指之事，就是在 1943 年 3 月，陈贵芳率建松政游击队在龙浦公路伏击军车，击毙国民党 25 集团参谋长陈达，震惊敌人当局，到处张贴赏榜：“活捉陈牯老，奖赏黄金三千两。”



其智，贯通天地。他没有进过学校，革命是他的课堂，同志是他的老师。正像他自述“如果说，杨则仕是我走上革命道路的带路人，那么黄立贵和陈一就是培育我成长的革命良师”。这几位革命领导既教会了陈贵芳革命道理，又帮他识文断字，特别是军事知识。在担任通讯员、警卫班长期间，他学会了看地图，分析敌情，拟订方案，指挥处置，运筹帷幄，更重要的是实战磨炼，总结提高。他的军事造诣到了出神入化的地步。1946 年，国民党对闽北发起了第三次军事围攻。当时陈贵芳无法与省委联系上。敌人以军事、政治、特务三者结合的方法疯狂进剿。一次在建瓯地界游击队被敌人发现，上千顽军压了过来。他指挥同志们迂回曲折、昼伏夜行，时而隐蔽修整，时而大张旗鼓，甚至活用古代“增兵减灶”之法，创造了“减兵增灶”的假象，周旋半个月。敌人要不四处扑空，要不草木皆兵，数次竟然自相残杀。他还十分善于总结经验教训，梳理的游击战争的“三大创造”得到刘少奇同志的肯定。

其忠，可鉴日月。陈贵芳一家忠烈满门，祖孙三代都投身中国革命，他和父亲、四个叔叔先后都加入中国共产党，七人都为革命壮烈牺牲。母亲曾被国民党三次投入牢狱。到新中国成立时，整个家族十五口人，仅他和母亲幸存。陈贵芳一生十分坎坷，大起大落，1955年因审查曾镜冰冤案牵连被隔离审查，1957年下放到建瓯任县委书记，“文革”中又遭到不应有错误处理，直至锒铛入狱。但他始终坚持共产党人的崇高信念，从不计较个人得失，从未对党和组织有过任何怨言，而且处逆境不悲观失望，遭挫折仍乐观豁达。调离福州前往宁德任职时，他口占律诗一首：“榕城十载胜半生，未立新功羞煞人。老马何能堪重负，小车不倒倍扶行。机关长坐作为少，河梁分水怀念深。从今奔向闽东日，誓举红旗到终身。”对党和事业的拳拳之心溢于言表。

其义，淳厚如山。陈贵芳让同事回想起来更多的是侠义肝胆，古道热肠。他总是把生的希望留给同志们，在那随时都可能出现意外的残酷环境里。我曾读过他的战友高振洋、杨兰珍夫妇写的回忆录——“五府岗遇险”。“回忆1941年初这段难忘的经历，陈贵芳同志的英勇气概，舍身掩护我俩脱险的情景历历在目。”更难能可贵的是新中国成立后，他深陷囹圄保外就医时，就福建地下党的冤案，不顾个人安危毅然上诉中央。胡耀邦同志阅后做了重要批示：“福建地下党组织要很好抓一下，要公公正正地解决，先从福建抓起。”于是几省大批长期受到不公正待遇的地下党员得到平反昭雪，相继重新走上工作岗位。平反复出后出任省老区办领导，全身心投入，直至生命最后一刻，还觉得“对老区人民亏欠太多了”。不管什么时候，不管是否认识，他对老百姓有求必应，哪怕是吃饭，抑或是已经休息，甚至把自己的工资掏给困难群众，以至于老区人民从不叫他职务，见面时亲切的喊他“陈牯老”。

## 三

“一切为了政和的光荣和梦想。”这幅高挂在县城入口处的标语，呼应了习近平总书记关于“中国梦”的宣示，也偾张了熊城儿女的血脉，更激起人们几多英雄情怀。

英雄都是从梦开始的，梦想是英雄们的正能量。它是前进的指南针，决定着奋发努力的方向；它是永恒的发动机，输送给豪杰们源源不断的力量。有梦之人就像拥有壮丽的黎明。世界大文豪居斯塔夫·福楼拜再忙再累，每天都惦记着“按时看日出”。在他看来“黎明，拥有一天中最纯澈、最鲜泽、最让人激动的光线，那是灵魂最易受孕，最受鼓舞的时刻，也是最让青春荡漾、幻念勃发的时刻”。看日出，最关键的是看清了远方、光阴、生机和道路，看清了自己的梦想。有梦之人又都拥有仰望星空的精神姿势。散文家王开明先生称：“星空，对地面行走的人来说，不仅是生理依赖，也是精神依赖，不仅是光线来源，也是诗意与梦想，神性与理性的来源”。歌德给自己的墓志铭是“位我上者灿烂星空，道德律令在我心中”。王尔德则这样谈到“我们生活在阴沟里，但仍然有人仰望星空”。梦想涨潮的季节，必然是凝视星空最深情与专注之时。一般来说，梦想与英雄成就的事业有着天然的关系，心多大，舞台就多大。梁启超有“少年中国”，孙中山有“振兴中华”，李大钊有为“中华民族的更生再造”，而奥巴马则在2006年出版了《无畏的希望：重申美国梦》。李安第二次捧起奥斯卡小金人时，获奖感言便是“有梦想才能举起奥斯卡”。他太太的一句“要记得你心里的梦想”让他感恩至今。周星驰在电影里演绎了“有梦想连咸鱼都会翻身”的故事。政和苦难的土地始终飞翔着梦想。陈贵芳这位当年社会最底层的苦孩子，能够成长为中国革命的一代风流，最根本的就是在先行者的教育下树立了为民族求解放、为百姓闹翻身的坚定理想。朱熹父子更是以横渠四句当座右铭，毕生“为天地立心，为生民立命，为往圣继绝学，为万世开太平”，终于成就了中华文化继往开来的新儒学大业。

梦总是由人做的，无论国家，还是小家，人都是做梦、圆梦的主体。中国梦强调集体主义，倡导社会主义核心价值。在传统文化里，国家便是家国天下，“家是最小国，国是最大家”。但是，“中国梦是民族的梦，也是每个中国人的梦”。两者紧密相连。“生活在我们伟大祖国和伟大时代的中国人民，共同享有人生出彩的机会，共同享有梦想成真的机会，共同享有与祖国和时代一起成长与进步的机会。”这个论断与马克思主义和时代发展规律是切合的。马克思曾经把他所有的学说归纳成一句话，那就是每个人自由全面发展。《共产党宣言》指出，共产党人的最终目标是建立“每个人的自由发展是一切人的自由发展的条件”的“联合体”。国家、民族梦要惠及个人，而且依赖于个人梦想的实现。中国梦与美国梦有着本质的不同，但美国梦仍有许多积极因素可以借鉴，最让人称道的地方就是尊重个人的梦想和追求。三百多年前，一部分英格兰“失意者”乘坐“五月花号”木帆船横穿大西洋来到美洲，开始“美国梦”的实现征程。1931年，正当世界性的经济危机袭击美国时，亚当斯第一次提出了“让我们所有阶层的生民过上更好、更富裕和更幸福的生活的美国梦”。尔后历任美国总统和名人都没有少提这一鼓舞人心的宏大词汇，包括那位黑人牧师马丁·路德·金的《我有一个梦》的著名演讲。“对美国人来说，美国梦意味着，只要你努力工作，可以成就一切。”他们树立了一批又一批实践梦想的英雄，特别是那些出身贫寒、依靠个人奋斗的成功的传奇人物，诸如爱迪生、洛克菲勒、福特等，信息时代又有比尔·盖茨、乔布斯等新偶像，促进了人们对美国梦的认同和崇尚个人奋斗。政和类似的“草根英雄”大有人在。虽是贫困县，但在金融、保险、证券公司的青年才俊，按人口比例可能高于其他县市；虽是“山里人”却“北漂、南下”，仅仅“闯荡”上海滩的就有数万人之多，不少人当年抵达繁华都市时，付完路费后再无分文，然而一年买手机、两年买房子、三年开部轿车回乡，创造了一个又一个不可思议的人生奇迹，以致《政和资讯》开辟的“天南地北政和人”“稿多为患”，以致反映政和人在外创业的电影《山外是海》引起各界为之侧目。

梦想照进现实，现实需要英雄。英雄是梦想实现的先锋。英雄者，既胸怀大志、腹有良谋，有包藏宇宙之机、吞吐天地之势，又脚踏实地、埋头苦干，有百折不挠之韧、经世致用之风，能够踩着自己的影子前进，能够提着自己的头发飞翔。“天行健，君子以自强不息”。梦想和现实总是有距离的，更多的人一生只是跋涉在过程之中，英雄很多也只是享受奋斗过程。我看了一个资料，有关中国梦并非今日才引起关注。1933 年，中国一份有影响的综合型刊物《东方杂志》发起了全国性“征梦”活动，最后答案仅只有区区 160 多份？山河破碎的中国无梦可谈。而今天，正如习近平总书记所说：“现在，我们比历史上任何时期都更接近中华民族伟大复兴的目标，比历史上任何时期都更有信心，有能力实现这个目标”。政和也是如此。这一方水土和人民始终是省委、省政府主要领导关注的焦点。新一轮扶贫攻坚，省长又挂点政和，不到一年时间竟然四赴政和。当又一次发展的大好机遇摆在政和人面前，又一次让人生出彩、建功立业的机会正召唤着政和的英雄们！

# 松溪之柔

## 一

从前有条溪，溪边有松树。松在溪里走，溪在松间流。于是这方水土就有了诗样的名字——松溪。



不过，当地先贤对松树的审美取向却令人费解。没有着墨虬枝铁干的伟岸，也不倾心面对雨雪的从容，更不相中松涛的雷鸣虎啸，独独钟情于松荫大做文章。翻开县志，松影树辉洒满书页："昔年松溪上，百里有松荫""松荫流几箪，菇米荐盘餐""满林修竹不知暑，遍壑长松都是荫""萧瑟松风不作林，临秋竹径有余荫""松荫落落竹攒攒，甲世精英水石寒"。想来也是，当年两岸苍松绵延百里，松荫铺天盖河，长溪尽染天地皆幽。微风起，暗绿浮动，摇碧流翠。还有什么风景能比这更为妩媚？

相对于幅员广袤的闽北，松溪名副其实是个小县城。地域不过上千平方公里，人口也仅有十几万，但小城玲珑可人。高山不多却座座很有精神。湛卢山上，一儒一剑，文武有道；白马山中，寺名"久福"，祥瑞缭绕；鸾峰龙首，半步两省，风月无边。登山小立，"返顾松邑，若在鞋下，瓦屋鳞鳞，女城齿齿，掩映于烟树霞霭间，郭外良田秋稻，青黄相杂……经于其中，隐然如图画"。最是那潆洄若带的松溪河，只要轻轻一瞥，或者稍稍侧目，那无边的温柔便悄然流进了血脉。

温良恭俭让是松溪人性格的主基调。邻县到松溪来闹分县，当地人既不反对，也不围观。“文革”时期，各地“文攻武卫”硝烟弥漫，松溪城从早晚都静悄悄的，怎么“造反”都“造”不出多少动静。当地人的方言虽然属于建瓯语系，却最为柔软动听。有句招呼一直为该语系的人们所笑谈。“朋友，到家里坐坐”。而按邻近县市方言音译则为：“朋友，到‘肚子’里玩玩”。周边县市人说松溪人是“蛋”，言下之意，称赞松溪人处事温文尔雅，玲珑周全。这个县总出文字人才，担任各级部门办公室主任、秘书长的人大有人在。

最能体现松溪人心柔手巧的莫过于工艺品“三宝”：版画、瓷器和宝剑。版画的基础绝对不在松溪，历史上建阳曾经被誉为全国雕版印刷中心，到了抗战时期，浙江木刻用品供应合作社迁到武夷山，一批木刻大家不仅为全国供应木刻刀柄，而且创作了许多作品，最后结集为《武夷山水茶》，鲁迅深为喜欢的青年版画家林夫就牺牲于“赤石暴动”中。谁也没有想到“中国版画艺术之乡”的桂冠却落在了松溪，而始作俑者竟是当地一批热爱美术的女青年业余所为。松溪人还原了千年以前的“九龙窑”技术，开发出“类冰似玉，千峰翠色”的珠光青瓷，喜瓷者见之美不胜收。更让人为之自豪的是，松溪人拂去两千多年的历史封尘，使“天下第一剑”呼啸出鞘，闪耀出与日月同辉的光芒。

## 二

柔到极致便是刚，以湛卢宝剑为例。

兵器发展到剑的时代是个高峰。十八般武器里，剑可作为“百刃之君”“百兵之师”。一剑在手，敢问谁是英雄？它不仅意味着权力、领土，也象征着地位、素养。早在春秋战国，剑文化就滥觞于天下。当时有名剑湛卢、纯钧、鱼肠、巨阙、干将、镆铘、龙泉、太阿等十多把。其中湛卢享有“天下第一剑”之誉。此剑铸造之时，雨师为之洒扫，雷电帮其鼓风，蛟龙前来捧炉，天帝亲自装炭，太乙真君下界督造。“剑之成也，精光贯天，日月争耀，星斗避彩，鬼神悲号”。它集“五金之英，太阳之精，寄气托灵，出之有神，服之有威，可以折冲拒敌”。杜甫诗曰：“朝士兼戎服，君王按湛卢。”其价值几何？深谙剑道的风湖子禀告楚昭王：此剑在越国时，有客要买，出价为乡村三十座，骏马一千匹，加上两个万户之都。



剑能伐，剑能舞，剑能歌；剑有威，剑有道，剑更有魂。湛卢的高贵不仅在于剑本身。湛卢含义按照沈括《梦溪笔谈》的解释为“湛湛然黑色也”，延伸到剑则是“战无不胜的黑色胜利”，而它背后的深刻内涵却是仁义王道。十分懂剑的薛烛子帮助越王鉴定所拥有的五把剑，认为其余四把虽然“观其钣，灿为列星之行；观其光，洋洋如水溢于塘；观其断，岩岩如琐石；观其才，焕焕如冰释”，但都不能与湛卢相比。其原因除了品质差别外，还有仁义高下之分。比如鱼肠名剑逆理不顺，不可佩戴。“臣以杀君，子以杀父。所以吴王杀王僚。”湛卢流传过程也说明了这个道理。原是越王之剑，后为吴王所有。一说越王所献，一说兵败被掠。后来易主为楚昭王。一日，楚昭王做梦湛卢宝剑伴卧在床。史书记载却是“湛卢之剑恶阖闾无德，乃去而出，水行为楚”。传说湛卢剑到了晋代为名将周处所得，后由其子孙转赠给抗金英雄岳飞。将军“风波亭”遇害后，湛卢剑便不知所终。有道是“君有道，剑在侧，国兴旺。君无道，剑飞奔，国破败。”湛卢宝剑让人理解什么叫作“仁者无敌”“至柔无敌”。闽北文化人冯顺志对湛卢宝剑之魂作了形象的描写：“它就像上苍一只目光深邃、明察秋毫的黑色眼睛，充满人性化，注视着天下苍生，祈福百姓安康。”

也学英雄样，登湛卢，寻“炉火照天地，红星乱紫烟”之遗址，发“欧冶一去几千秋，湛卢之剑亦悠悠”之喟叹，还未拔剑四顾，心已茫然，几多疑问涌上心头。当年，越国疆土少说也有“三千里江山”，宝剑的故乡为什么是松溪？有人从冶炼所需原料说明。《山海经》谈道：“此山有积石，冶为炼成铁，铸出宝剑光如水清，削玉如泥，名昆吾剑（即湛卢剑）。”《越绝书》称此地“赤堇之山，破而出锡。若邪之溪，涸而出铜”。闽北文化人李子则认为古闽地是古代铸剑中心，而欧冶子是闽地人受聘于越国。宋《九城志》云：“建州有湛卢山，昔湛王铸剑于其上，固以名剑。”这又给我们提出了一个疑问——究竟是先有湛卢宝剑之号，还是先有湛卢山名？亦即山以剑名，还是剑以山名？当地诗人黄丰文这样认为：“不要叫我湛卢，那是一座山的名字。”蔡其娇也说：“在这座高峰立祠建庙，山成了剑的象征。”我们无意也没必要辨明个中曲直，但是这方山水人文给铸剑人和剑本身的影响是毋庸置疑的：“取刚直于山石的坚硬，取灵动于山泉的清凛，取深沉于山林的蓊郁，取锐利于山峰的峭拔。”松溪人把全部的壮怀柔情，包括百里松荫都融进了湛卢宝剑。

## 三

这是个追求伟大的时代，也是个崇尚柔美的时代。刚和柔有如社会水平线的两端，无论是国家治理，抑或为人处世都需要刚柔相济、互为映照。我们既要有壮怀激烈，又要有和风细雨；既要有黄钟大吕，又要有莺歌燕舞；既要有下里巴人，又要有阳春白雪。有人说：“我们生活在五百年来物质极大丰富的殿堂之中，也徘徊在人文精神匮乏的废墟之上。”所以，当下乃至一个很长的时期，我们应当十分注重人文精神的弘扬，以柔为刚，以柔为境，让柔和的阳光把历史和现实的死角照亮。

以柔为刚。柔是力量，柔能克刚。“声不在高”“不战而屈人之兵”“化干戈为玉帛”“我自横刀向天笑”都可以视为柔的力量表现。当年有人问道老子，他张开嘴说：“这就是道。”只见牙齿零落不全，唯有舌头安好。牙齿固然坚利，舌头固然柔弱，但笑到最后的竟然是舌头。最能说明刚柔关系的莫过于水的形象。弱水三千不能载舟，却能水滴石穿，崩山裂岸。习近平同志在闽东工作时，十分提倡“滴水穿石”的精神。那是 1990 年的春天，他写道：“滴水穿石”的自然景观，我是在插队落户时便耳闻目睹，叹为观止的。直到现在，其锲而不舍情景仍每每浮现在眼前，我从中领略了不少生命和运动的哲理。



他认为石之顽固、水之轻飘，但滴水终究可以穿石，水终究赢得了胜利。他说将这一自然现象“喻之于事，则是以柔克刚、以弱制强的辩证原理的成功显示”。同样，松溪县也是经济欠发达地区，干部群众没有悲观失望，也没有急功近利，在全力加快基础设施建设同时，统筹经济、政治、文化、生态和社会建设。这几年加快实施“食品加工、竹木加工、机械电子和生物科技”等“3＋1”的发展战略，尤其难能可贵的是坚持“生态立县”发展理念，率先创建了全国生态发展示范县。正如项南同志当年十分欣赏的那样：“如能持之以恒，滴水就能穿石。同贫困做斗争，是一项长期的历史任务。贫困地区要做到经济、社会、生态三方面的效益，没有愚公移山的精神，不从治山治水这个‘笨’工作下下功夫，是改变不了贫困落后的面貌的。”

以柔为境。柔是境界，柔美高尚。文质彬彬、典雅精致、曲水流觞、闲庭信步都是形象、情操、情趣和风度。心中有柔，就能达到人生四大境界：痛而不言。无言不是不痛，而是直面悲痛、疼痛和惨痛。笑而不语。微笑具有移山的力量。淡然一笑，有时胜过千军万马。迷而不失。淡定是人生修炼，有了它就不至于痴迷和失意。惊而不乱。宠辱很难不惊，不乱则动中有静，具有别致之美。柔美的背后是高贵和善良。传说松溪有个状元庙，祭奠的神祇是蚂蚁。那年状元赴京赶考途中搭救了一只行将淹死的蚂蚁，考试时发现卷子上又有只蚂蚁，正想把它拂开，主考官却把它摁在卷子上。事后才知他要写的“效犬马之劳”的“犬”字漏掉了一点，而蚂蚁舍命为他补全。对待蚂蚁都要尊重爱护，这是何等的百转柔情。柔美优雅是一种普世情怀。作家梁晓声讲了他在法国经历的一件事。那次他和友人坐车去郊区，路窄雨大，前面有辆旅行车溅起的泥水不时扑打到他们的车窗。作家请自己的司机超车，司机回答：“在这样的路上超车是不礼貌的。”话音刚落，前面车停了，下来一位先生对他们说：“你们先走吧。一路上我们的车始终在前面，这不公平！车上还有我的女儿，我不能让她们感觉到这是理所当然的。”英国人的绅士风度更足。有人统计，英国人住酒店，半数以上离开时，会将房间和用品进行整理清扫。有些英国人为了减少服务员的工作量，甚至不动用酒店的用品。

柔和天下。柔是素质，柔靠积累，柔是根植于内心的素养。以承认约束为前提的自由，能设身处地为别人着想的习惯性言行。它源自一点一滴的汇聚，体现为一桩一件小事和枝末细节。水滴石穿的全部秘密在于它的韧劲。湛卢宝剑虽然是因欧冶子“循天之精神，悉其技”铸之，但整个过程也是曲折回转，百炼千锤。铸剑工艺就有“三十炼”“百炼”之说。巴尔扎克说过，培养一个贵族需要三代人的努力，讲的就是这个道理。泱泱中华，礼仪之邦，本来就是人类柔美情怀的精神家园。魏晋风骨、盛唐气象、大宋婉约，就是最黑暗苦痛的朝代，仍有精神史上极自由、极解放、极富有智慧、极浓于热情的人和事。曾几何时，不知因为什么，我们把高贵的柔为核心的人文精神放到自己对立面上去。社会刚柔失衡，斯文飘零，粗鄙流行，“土豪”称雄，心气浮躁。有人极而言之：“地铁上抢座，公共场合乱扔东西，大声说话，不排队，等等，都是非常没有尊严、没有品行、观感极难看的事，但因为旁边都是陌生人，所以不怕难看，反正这辈子再也不见面了。可以说，‘一锤子买卖’是现代中国有些人际关系的写照。”好在这些现象已经引起社会广泛关注。松溪县就已经广泛开展国学进校园的活动，让人文家园历久弥新，让柔的传统代代相传。因为他们相信，中国梦一定是最为柔美之梦。

# 江淹之花

江淹当然喝着丹桂花茶。公元475年仲秋深夜，月在中天，人在县衙。静静的夜里只有漏滴不甘寂寞地敲打时辰。一室一灯，一人一茶。他用小小的汤勺轻轻搅匀茶水，月光朦胧而迷离。桂花茶没有茶叶，只有晶莹剔透的桂花。绚烂的色彩、浓郁的香气，尽显一汪荣华富贵。也许江淹知花知根知底。一千多年后写过江淹的陈旭告诉我们，丹桂两头苦，根苦、花苦。我们饮用的桂花茶，实际上在滚滚的开水中漂过两次，然后放糖放蜜，才能甘美如此。一般人家不会把丹桂植在庭院。确实，你看那丹桂之花，不是长在枝头梢尾，而是尽缀枝杈之间，衬托她们的不是绿叶嫩条，总是饱经风霜的老枝枯干。不过丹桂的禀性倒很契合江淹的身世命运和此时心情。他想起了任过县令的祖父和父亲无力赡养家庭，幼小的他常常来往当铺典当度日；他想起了十三岁便失去父亲，依靠他稚嫩的肩膀采薪养家人；他想起了凭借自己满腹经纶弱冠入世，偏遭小人谗害投入狱中落得母亲亡去、妻子病故、次子夭折；他想起了一谏再谏仕奉的建平王刘景不要谋反，反被刘氏贬黜闽地浦城为令。他的心中自是百回千转，才下眉头却上心头。志，不能伸；家，不得回。剩下的只有案头书籍文稿和那杯清香的桂花茶了。他觉得自己和桂花茶有很深的缘分。西汉《马融食花》的故事他十分熟悉。马融自幼勤奋好学，一次读书累了，不知不觉坠入梦中，梦见自己走入一片树林，看到四处鲜花盛开。他兴奋不已，摘花而食。次日醒来，读天下文章，无所不知，写天下文章，如花似锦。时人称之为“绣囊”。世间桂花唯丹桂能食。江淹端起茶杯一饮而尽，又慢慢地含英咀华。他相信自己会同马融那样文思泉涌，为后世留下不朽的传世之作。他对自己说道，帝王将相可以限制为官的人身时空，却不能禁锢自己精神的诗意家园。

江淹的梦笔生花，应是一如丹桂。现在人们谈起这一成语时，往往把它和李白联系在一起，说“李太白少时，梦所用之笔头生花，后天才瞻逸，名闻天下”。诗仙云游黄山，北海景区散花坞内见一孤峰，形同朝上的笔尖，峰顶奇松如花，认定它为梦中所见的生花巨笔。也许经不起这样的穿凿附会，那颗松树后来居然枯死，现改用塑料代替。此前还有《南史纪少瑜传》说过类似的故事，并引用张孝祥的诗句为证：“忆昔彤庭望日华，句句枯笔梦生花。”殊不知，历史上真正拥有梦笔的主人是江淹，梦笔之处就是今日浦城的西部。那座怎么看都不起眼的小山丘，原名孤山。山中构筑有寺、有观、有书院。江淹到任后的一天，夜宿道观修院，酣睡中竟有桂花暗香浮动，忽见晋代文学大师郭璞飘然而至，授之一支五色彩笔。后来便有了笔梦生花、笔底生花、妙笔生花、笔花入梦、梦笔生花等说法。因江淹一梦，浦城这座小山更名为梦笔山。曾有雪峰法师自号梦笔和尚在此建寺，宋初诗人杨微之前来读书，南宋大儒真德秀购地建造梦笔山房。有诗云："雨余梦笔搁晴岚，犹似高人睡正酣。"梦笔晴岚成了浦城最为著名的八景之一。梦笔生花，多少文人墨客心驰神迷孜孜以求的境界，多少佳作巨构催人泪下乱人心旌得意之处。作为煮字码句的匠人，也许毕其一生都无法达到的状态。其世间的参照物大约只有丹桂之花差可比拟。丹桂花开，独占三秋；花团锦簇，芬芳无限。只要小小一粟，便香满蓝天白云和金黄的田野。此花该是月中来，此香也应天上有。江郎对得起仙人所赠五彩笔，也对得起高贵热情丹桂。浦城任上是他创作的巅峰时刻。一生诗歌词赋中最为人所传颂的大抵写于这个时期。他的辞赋一扫文坛浮华雕琢的靡靡之风，成为一代文章风流魁首。后人研究江淹作品总离不开他的"两赋"和拟古诗。读读《别赋》吧！你会感到分外的亲切。人们耳熟能详的王勃"海内存知己，天涯若比邻"，柳永"今宵酒醒何处，杨柳岸，晓风残月"，李白"桃花潭水三千尺，不及汪伦送我情"，凡此种种离别情绪都能从江淹赋中找到根底，都不会出其诗词左右。赋首一句破题，"黯然销魂者，唯别而已矣"，然后百般铺成。他描摹了贵族之别、官人之别、侠客之别、战士之别、夫妻之别、母子之别、仙凡之别、情人之别，各自离愁别恨都因身份、性格和心理各不相同，具有文学典型"这一个"的意义，又饱含古今中外人类情感的普遍性。他似乎深谙文学艺术的辩证法，写悲愁偏偏选用欢乐、甜蜜、高昂、优美的场景和语言，反衬别离的无奈和痛苦。记住这样的句子吧，"知离梦之踯躅，意别魂之飞扬。""春草碧色，春水绿波，送君南浦，伤之为何！"更难能可贵的是，作者在用典和叙述中，引用了许多民歌的因素，采取白描的手法，清新自然且音韵抑扬顿挫，以致一千多年之后的我们都不会觉得晦涩拗口。君读江郎诗赋，有如饮用丹桂花茶。

江淹终于荣归京都，结束了两年多的浦城生活。人们以他离开浦城为界，评判其文才盛衰，认为在此之前官轻文重、文采斐然；在此之后官重文轻、江郎才尽。相传江淹浦城离任之后，又有一梦入乡。钟嵘《诗品·齐光禄江淹》载："初，淹罢宣城郡，遂宿冶亭，梦一美丈夫，自称郭璞谓淹曰，'我有笔在卿处多年矣，可以见还'，淹探怀中，及五色笔以授之。而后为诗，不复成语，故世传江淹才尽。"《南史·江淹传》也讲了这样的故事，只不过笔换成了锦，对方变成了张协。郭璞收笔，张协索锦，致使历代东哲西贤屡屡扼腕长叹。作家陈章武梦笔山下苦思，"江郎才尽"——这煮字生涯最不幸最悲哀最令人诅咒的绝症，又曾使多少"盛名之下，其实难副"者不断为此自审、自查、自嘲、自弃。究竟江郎为何文声大背于先时？在中国写作史上留下了千古难解之谜。历代研究者不乏其人，就是现今也可以作为硕士、博士的论文课题。有人说高官厚禄害了文学江淹。的确，离开浦城后的江郎长袖善舞、飞黄腾达，历仕三朝，直至封侯。他风云政坛，干练老道。有几件事很能说明江郎的为官。南朝齐末年，一位将军举兵造反，官员士绅纷纷前往投靠，只有江淹称病不往，不久兵败，江淹因此备受皇室信赖。后来，又有一位将军起义，江郎化装成平民投到军中，事成之后，他的官阶又升一级。江淹并非见风使舵一味投机，齐明帝曾这样评价他："从宋代以来，不曾有严明御史中丞，君今可以说近代独一无二。"江淹去世时，梁武帝素服举哀。难道真应了古话"文章憎命达"之说。中国写作史上有条规律，人生不幸，文章大幸；官场失意，文章秀气。反之，官达诗衰，位显才退。近年来，人们对江淹的研究逐步从他的"两赋"杂体诗转向他本人和全部作品综合评判，方法也从单一的艺术剖析转向文学、社会学和心理学等多方面视角的探讨，提出了不同看法和结论。认为江淹并非"才尽"，而是他的文学主张和当时的文学思潮不合拍，有如写惯了民歌的诗人遭遇朦胧诗的窘境。江郎还都后，以沈约为首的"永明体"盛行，皇亲贵族热衷喜欢。永明体讲究形式的时髦华丽，"争价一字之奇"，连才高八斗"词采华茂"的曹植之诗都被讥为"古拙"。它与注重诗文内容澎湃激情的江淹诗风简直格格不入。聪明绝顶的江郎除了自嘲“才尽”之外，还会自讨没趣吗？我则从江淹身上看到了古代中国知识分子性格命运的悲喜剧。就理性而言，中国古代的文人，从来都不是一个独立的阶级主体，他们总要有所附焉。江淹的两场梦境似乎是一种宿命的轮回，实则表明生命主体对命运的无奈。西晋南北朝是个乱世，文才如星，诸如谢灵运、范晔、陆机、郭璞等等，但都因为卷进政治漩涡而不得善终。自古诗人多磨难，江淹晚年对灾难有着深深的恐惧。他累了，也怕了，于是打起十二分的小心，勤勤恳恳，“军书表记，皆为草具”，乐于扮演御用文人的角色，以图宦海风口浪尖全身而退，换来世俗荣华富贵。“才尽”封笔是江郎挣扎为己自救，从而赢得了生理上的喜剧，上演了写作历史上的悲剧。悲从时代而来，后人视之当揪心顿足，而不应冷嘲热讽。我很赞成有识之士提出的不如以“江淹梦笔”取代“江郎才尽”。就感性而言，一个作家的才赋往往囿于区域，离开特定的人文地理环境，创作源泉便会枯竭。文学江淹看来属于武夷山浦城，属于丹桂。当时的武夷山下的浦城对于江淹，简直可以说是世外桃源。江淹游览武夷山后感叹：“碧水丹山，珍木灵草，皆淹平生所至爱也。”闽之源，路之南。“山可以樵，可以牧；水可以梁，可以舟。泮洽儒林可以读书吟诵，楼台亭榭可以登临眺望。”民风淳朴可造可歌，俯拾皆是画，动辄能成诗，更有那挥之不去形影不离的丹桂花香，每时每刻都能催生江郎的顿悟灵感。我翻阅了江郎的诗赋，丹桂之花是其钟爱的文学意象：“丹桂一叶旧，碧草从此空”“舍坚碧不灭，桂华兰有英”“山中有杂桂，玉沥得共斟”“苍苍山中桂，团团霜露色”……就连他晚年给自己设计的理想生活也是“苑以丹桂，池以绿水”江郎丹桂之情溢于言表，付之行动。他曾以吴兴令之名要求家家户户植桂三棵，允许花朵归栽种者所有，树树挂牌，子孙继承，江郎把自己和丹桂一起植入武夷山下的浦城的历史。当地老农告诉我，丹桂有花无果，只能迁栽不能播种，离开武夷山，离开丹桂，江郎焉能有才不尽？江郎成就了武夷山浦城地灵人杰之说，却黯淡了中国文坛星空。喜耶？悲耶？

这个仲秋，我站在浦城九龙桂下，一遍又一遍地呼唤：江郎，魂兮归来！

# 光泽之光





## 一

光泽之冷，是出了名的。这里的冬天不似北国的寒，也不像极地的冰，那是南方特有的“湿冷”。它不可阻挡、不间歇地从你的领口、袖口，从你的每个毛孔渗入直至骨髓，真正的“刺骨钻心”的感觉。最不可思议的是，一天之中最冷的时刻，不是山风料峭的子夜，也不是严霜满地的清晨，竟是日上三竿的九点、十点。清代当地女诗人在《望乌君山》一诗中吟道：“白云浮翠速，晨气逼烟寒。”

细究光泽冷的原因，不外乎几种说法。或许因为山高，全境上千米的高山有500余座，最高的香炉峰，海拔1930米，名列大陆华东第二。从富屯溪溯流而上，“一滩高一丈，光泽在天上”。加上地处闽赣边界，自然成为福建门户、“八闽屏障”“九关十三隘”，因而赢得“战城”称号。城关则“云岩耸其南，九峰峙其北，君山障其东，杭川绕其西”。或许因为水丰。一县之水流两省，分别注入闽江和长江流域。光泽有八景：“两笤为文笔，双江作砚池。夹岸锁春烟，九峰升旭日。长汀白露落，龙潭秋月浮。乌洲唱棹歌，冬雪走渔艇。”绝大多数景观都与水有关。老领导张立仁先生曾建议光泽县名以“水”作为简称。因为光泽之名本身含水。县志介绍山川特点“青山耸翠碧波潴秀”。全县行政村名带水的占四分之一，自然村是五分之一。发源于国家自然保护区的“武夷天池”水量更是充沛，方圆十五公里。20世纪六七十年代修建的高家梯级电站，生生造出了几个上万平方米的“高峡平湖”，超过百米的瀑布从天而落，十几里水路常常烟雨迷蒙。或许因为地理位置。光泽是福建最西北的县份，闽北太阳最迟升起的地方，也是西伯利亚寒风最先光顾之处。由于光泽的地理方位，人们总爱开玩笑地说它是“省尾”。

我总认为光泽的县名跟气候寒冷有关。当地文化人王建成搜集的民间故事说：有位大仙先前给此地取名为“光窄”，后来先民们筚路蓝缕，艰苦奋斗，将这里开发成世外桃源般的鱼米之乡。恰好大仙又重过此地，于是把县名改为光泽。我想先贤们取名一般都是带着美好的愿景和祝福，往往与当时当地实际情况有出入。没有海的叫海，没有山的叫山，越不平的称平，越缺什么就称什么。经历过寒冷黑暗，更期冀光明。光泽，一个很阳光的县名。



其实光泽是个温暖的地方。充满文明之光：小县大文物。虽然北宋太平兴国四年（979）建县，但其文明史可上溯四五千年。全县新石器时代遗址有10处、商周遗址100余处，挖掘出的文物有8件保存在中国历史博物馆、400多件在省博物馆。出城关沿着富屯溪上溯几公里，左岸是省历史文化名村崇仁明清古街，隔街对岸就是全国第七批文物保护单位——池湖商周文化遗址。它们展示了光泽作为闽北古文化的摇篮、福建古文化发源地、中国东南重要文化走廊的风貌。凭此，福建的人类文明史向前推进了1000年。伫立遗址之上，徜徉于古街之中，端详手中印纹陶片，触摸古老的建筑，谁不会感受到那篝火、窑火、炉火的炙热？充满人文之光。正因为闽越遗风，商周雅韵，战城洗礼，朱子过化，所以此地贤人辈出：治政有方的“南庭王”危全枫，“远冲云梦”的李氏七贤；田园诗人黄镇成；刚正不阿的御史陈泰；“朔方备乘”作者何秋涛；女诗人何淑平和上官紫凤；一身正气的饶谦、高澍然；“鬼见字都怕”的书法家毛鹤龄。最为人称道的则是寨里镇山乡村的龚氏三兄弟，七年先后尽中进士、入选翰林，真个是山里飞出的三只“金凤凰”。龚氏兄弟生长在清朝嘉庆年间，家学深厚又勤勉刻苦。先是文焕、文炳在府县“拔贡”会考中并列第一，成为一科“双拔”。尔后三兄弟同科乡试，皆中举人，世称“同榜三魁”。接着参加朝考庭试，“叠造词林”。嘉庆皇帝知道后亲赐三兄弟在家乡建石碑楼一座，并赐联三幅、匾额一方。联曰：“辟五百年天荒，一彪独踞。冠十八省人杰，三凤齐飞。”“连兄连弟连登进士，同榜同魁同选词林。”“同怀半载五登科家声第一，连捷七年三太史斗南无双”，横批为“三凤齐鸣”。道光十年，文焕衣锦还乡建造过大夫第，道光皇帝御赐“广厦资扶”牌匾。现今牌坊已毁，斯人老去，但府第仍在，多少寒窗苦读学子到此一览不禁血脉偾张。充满红色之光。土地革命时期，光泽属于中央苏区的重要部分，闽赣省委创立的红旗不倒东方县范围，1933 年就建立了光泽县苏维埃政府。抗战爆发后，中共闽赣省委与国民党江西省当局在寨里镇大洲村举行了“合作抗日，救亡图存”的谈判，促进了两省抗日民族统一战线的形成。共和国创始人毛泽东、周恩来、朱德、彭德怀、毛泽民先后到过这里。1962 年 1 月，中央在北京召开“七千人大会”。一次午餐时，光泽的县委书记、县长巧遇周总理。当了解到他们的身份后，周总理动情地说：“光泽？光泽到过，记得你们县城浮桥边还有一棵大樟树……”伟人一席话，温暖光泽几千秋。

实际上光泽温暖不仅仅是精神上的，更多还是物质的。其舌尖上的小城味道无与伦比。勘与意大利“劳拉”相比的矿泉水，香醇可口的白酒，尤其是具有独特药效的蕲蛇酒，千米高山的干坑红茶，天堂管密的黄花梨。连县志都不忘写上一笔，“封隅该行吃点，聊以民食，为外界所道。”“文子”“花饼”“糯糍”“脚掌糍”“泡粉”“酸粉”“清汤”等等风味小吃让人食而不忘。更让人口口相赞的是大冬天吃狗肉。经过炒闷煨煮多道工序，加上种种当地的草药，特别是佐以火红的辣椒，一通吃下来，满身大汗，眼睛发亮，整个冬天寒冷都可置之度外了。

## 二

一个名字与人生注定与光泽密切相关的人，一个不畏严寒敢于同贫穷宣战的人，一个弄潮时代、播种光明的人——傅光明。

谁能想得到就是这样一只简简单单的鸡，竟能创造一百多亿年产值，安排两万多人就业，闯进肯德基的阵营，飞进资本市场，现身世界上所有热闹的地方。难怪有人套用那首耳熟能详的歌曲，唱起“中国南方有只凤，她的名字叫圣农”。谁能想得到就是这样一位普普通通的光泽人，三十年闻鸡起舞，从一只鸡养起，发展到数亿只鸡，进入世界同行业的第16位，从肩挑手拎板车拉送到火车专用线、海运码头。整个公司工农业总产值占到全县的三分之二，GDP占到全县的一半，上缴税收占到全县三分之一。一个人几乎干了大半个县的活。



2007年9月，一场“圣农模式”高层研讨会在北京召开。国家相关部委领导和专家从国际的站位和视角，从现代化进程的逻辑，分析解剖“圣农”这个典型。一致认为，像“圣农”那样，就能成功破解困扰已久的“三农”问题。三十多年来，“圣农”立足农村，经营农业，打拼事业。以“公司＋基地”的方式，将广大农民就地转化为产业工人，每三个光泽人就有一位亲戚在“圣农”工作。公司直接或间接的推动县域经济发生变化。像“圣农”那样，就能成功破解人们十分纠结的食品安全问题。“圣农”不仅拥有闽江源头良好的生态，而且凭借“自繁、自养、自宰”的一体化生产模式，建立一整套从源头到熟制品肉鸡品质的控制和追溯体系，加上先进的设备、流程和检测，确保食品让消费者放心。像“圣农”那样，就能破解环境和可持续发展的难题。“圣农”打造了循环经济产业链，致力于企业、资源、环境友好协调。通过有机肥厂、污水处理厂、废弃物厂以及鸡粪发电厂等再利用环保工程，防止生态破坏和环境污染。会上与会人员说来道去的最多话题则是：一个现代农业企业成功的关键在于企业家。

是的，如果傅光明没有高瞻远瞩的见识，没有担当风险的气魄，没有创新的意识，没有吃得苦中苦的勤奋，也就没有今日的“圣农”。20 世纪 80 年代，公务员出身的他，自己砸了自己的“铁饭碗”，毅然辞职下海。他选择的项目竟是天底下最苦的产业中的最苦行当——养鸡。第一次不远千里买来了 300 枚鸡蛋，忙活了 21 天，只孵出一只小鸡，而且还是公的。真的是血本无归，“鸡飞蛋打”。好在好强的他没有气馁，又从上海买来 600 枚种鸡蛋，边学边干，精心孵育，终于有了 300 只鸡破壳而出，迈出了企业第一步。这以后他遇到不知多少类似甚至超过创业时的风险困难，但他笑对风风雨雨，把它们作为百炼成器的淬火，有时还“危”中见“机”行事。2004 年中国暴发禽流感，他却逆势而上，大规模扩大生产，大踏步占领市场，一跃成为肯德基核心肉鸡供应商，实现量变到质变的飞跃。2009 年 10 月 21 日，圣农 A 股首发成功，引入近 8 亿元资金。2010 年两度发行 16 亿元额度短期融资券。2011 年 5 月，实现定向增发融资 15 亿元。2013 年 5 月发行公司债 7 亿元。2015 年入驻美国 KKR 基金公司，融资 4 亿美元。如今“圣农”在商场业界叱咤风云，长袖善舞，已经是举足轻重完整意义上的现代企业集团。他永远不会忘记贫困的过去。傅光明一家有八男二女十个兄妹，家庭经济拮据。结婚的时候，只能给新娘置件新衣，自己仍着旧的。天寒地冻连件毛衣都买不起。当时下海时最大愿望就是当个“万元户”，好改变家里贫困窘境。但到了今天，他仍未改创业时作风。他一个星期只拿半天与家里团聚休息，其余时间照旧忙个不停。除了抽烟，他不饮酒、不打牌、不上歌舞厅，几乎没有什么娱乐嗜好。他多次说过：“如果只是为了自己，为了钱，我傅光明根本不用这么累，早就不用做了。我今天之所以正在做，还要做，是强烈的责任感驱使着我。为社会和员工尽责任，为光泽尽责任。”

正因为责任感，傅光明十分注重企业的质量和诚信。他说：“企业两条命。一条是质量，一条是诚信。企业不讲诚信和质量，那就是谋财害命，谋别人的财，害自己的命。”正因为有责任感，他把扶贫济困作为分内事。员工们遇到不测，他出钱；县里盖医院，他投资；市里成立慈善总会，他带头捐献；贫困学子考上大学，他伸出援手……这么多年来，他累计为社会捐助了十亿元。正因为有责任感，他希望闽北的企业都能像“圣农”一样加快发展，2014 年底，他带领南平市工商联成员，用一周时间，辗转十个县（市、区），分别邀请 235 位企业家座谈，收集 400 多条意见，形成了较高质量的调研报告，为市委、市政府出台进一步改善服务经济、服务企业文件出谋献策。正因为有责任感，他全力实施更大的“圣农梦”：立足光泽，覆盖周边，领先全国，走向世界。在不久的将来，肉鸡养殖加工总量达到 10 亿羽，公司年产值达 1000 亿，国内市场份额达到 15—20％，坐上养鸡业世界第三的位置。



## 三

行走光泽，天地明亮，山水明媚，光泽给人的印象总是豁亮的。20 世纪 80 年代，它就成为全国百个率先实现农村初级电气化县，100％的乡村通了电，98％的电网覆盖，99.3％的家庭用上电，56％的电炊率，户均生活用电 517 度。光泽还有家颇有名气的灯泡厂。如果要给光泽的人文精神寻找一个参照物和符号，作为当地历史文化的概括和启迪，作为后来前行的风行标和集结号，那一定非光莫属。

像光一样奉献。光给人们温暖，光给人们力量，光给人们方向，但光没有任何的索取，只有倾情的付出。不知怎的，在这座边城，我总会时不时想起普罗米修斯的故事。他从神界盗来了火种，给苦难的人类带来了温暖和光明。恼羞成怒的宙斯把他锁在高加索的山崖上，派出神鹰啄食他的内脏，又让其天天愈合，以便神鹰天天啄食下去。直到后来一位叫作赫克里斯的英雄经过，射死了神鹰，砸开了锁链，普罗米修斯才获得了解放。我想这则古希腊神话是对光的奉献本质的最好注释。光泽人是乐于贡献的。革命战争时期，仅 1933 年间，国民党 8 个师进占县城，对苏区红军和家属血腥“清洗”，被杀 4235 人，名册上有名有姓的烈士就有 504 人，苏区人口由近 6 万人锐减到 4 万多人。“圣农”的英文译名很有意思，“SUNNER”即“太阳之子”。有人说它的含义为阳光下的产业，其产品是优质生态安全的，而我则认为这是“圣农”对光的礼赞和追求。

像光一样创造。1864 年，德国科学家萨克斯把经过暗处理的绿叶一半曝光，另一半遮光。一段时间后，用碘蒸气处理叶片，发现曝

光的那一半叶片则呈深蓝色，证明绿色叶片在光合作用中产生了淀粉。他和前后的科学家们揭示了自然界一个天大秘密，光具有合成作用：植物、藻类和某些细菌，经过光合作用能够产生二氧化碳和水能够转化为有机物，并释放出氧气或氢气。这对生物的生存和进化具有决定性的意义。它是生物界最基本的物质代谢和能量代谢。在地球上碳氧循环，光合作用是必不可少的。光是自然界中伟大创造者，世界因此生生不息，欣欣向荣。创造也是人类社会发展的永恒动力。写过《中国震撼》《中国触动》和《中国超越》的张维为认为，中国能够迅速发展的思路经验有四个方面，其中很重要的一条就是综合创新。光泽人善于制造更善于创造。人们总是把一个地方发展的希望寄托于新兴高科技产业、依赖外资和外力，但“圣农”等当地食品企业却立足传统的农村、传统的农业和传统的农民，依靠自己的力量走出一条现代化的道路，实现农村变城市、农业变工业、农民变工人的华丽转身。时下，人们时髦“互联网＋”的模式，他们的实践可以作为“传统农业＋”的典范。



像光一样快速。真空中的光速是一个物理常数，约为每秒 30 万公里。长期以来，科学家们总在争论光速的恒定不恒定、物质与光速、电磁波与光速的关系。我们则注重光的速度。实际上在拉丁语中光速“C”的含义就是迅捷。“多少事，从来急，天地转，光阴迫，一万年太久，只争朝夕。”光泽人是跟时间赛跑的人。虽然地处“省尾”，却最早进入“火车时代”，鹰厦线入闽第一站就在这里，为此王震将军还亲临光泽指导。现在他们又在建设与外界联通的高速公路，邵光高速不日可以通车，进入光泽南大门的四车道柏油公路已经完成。企业和百姓通过互联网已与世界前沿的信息以光的速度紧密相连，股市的风云、国际市场的潮汐，时时牵动着边城每根神经。相对地看，光泽实际上又是连接经济活跃的长江三角洲的桥头堡，所以光泽县委、县政府提出和启动了打造中国生态食品城的目标，坚持绿色发展方向，以生态建设为基础，以食品产业为支撑，以城乡整治建设为抓手，推动产业化、城镇化、民生化融合发展，努力把光泽建设成为生态绿色发展的典范，让光泽之光光耀历史，光照世界。

# 铁城之福

## 一

邵武历史上叫过县，称过府，更多时候唤为军。不名花，也不说树，却号铁城。盖其原因，大致有二：一是地理形势，二是人物性格。



古人称地势高下为形，地形险阻为势。邵武可谓形势大都，《山海经》言："闽在海中，其西北（有）山。"而邵武为闽西郡，自古就以山川著名。按朱熹的观点，岷山之脉，其一支东过浙江，北其首以尽会稽，南其尾以尽闽越。江南诸山及五岭是皇都第三四重案，而邵武正当屏卫王室的第四重案之巅。邵武所在，虎踞龙盘，"左卫福山，右旋寿屿，前踵重岗，三峰峙其南，后拥金汤，万峰耸其北"。翻开旧志，文人骚客几乎穷尽语词状写山川壮美：诸如"中峰耸峙，群峰攒抱""峥嵘崚峤，如鹤冲天""群峰层叠，环拱如莲"。至于给众多山峰取名，文士们更是把农耕文明的想象发挥到极致。有山曰龙、曰象、曰马、曰虎、曰狮、曰鹿、曰蛇、曰兔、曰鸡。有峰像笔、像掌、像花、像鞍、像人、像观音，满目青山，形象世界。

水跟山走。在闽北有多少山就有多少水。"百山环转联络，水随山异流同趋，源委条理，有足观焉。"邵武全境"水随山屈折回肥，为涧为壑"。千涧会归，注入富屯大溪，流经顺昌，会同建溪河水，在延平形成平均流量超过黄河的闽江。由于富屯溪流域长，落差大，溯流而上，“一滩高一丈，邵武在天上”。志书载：“山之郁积者，宽博而秀峙；水之澎湃者，演迤而泓澂。”

邵武最早的名称是昭武。就其字面上的含义之一便是展示武力。古人曾经解释为无诸用武之地。晋惠帝祖父是司马昭，为避讳，西晋元康元年改昭武为邵武。邵武确与军事武力密切相关，雄踞两省三界，西北门户，“左剑右盱，控汀带建”，屏藩全闽，为古今战事必争之地。“自古赣边有警，必先扼守”。古时入闽三道，建洲通浙为险道，漳州通海为间道，邵武则为隘道。邵武城“其地势险要，有高屋建瓴之势”，元代后城池垒石为基，砌砖为壁，北面又有一条大溪相隔，不能说固若金汤，也是闽北诸城之冠。传说太平天国石达开率军攻打，久攻不下，感叹道：“真是一座铁城也”。

铁城有铁人。首推就是“出将入相，南渡第一名臣”的李纲。宣和七年（1125）宋徽宗起用他出任太常少卿。此时，金兵大举南侵，李纲与主和派势不两立，坚决主战。他上血书建议徽宗禅让给太子钦宗。次年，金人兵临城下。李纲临危受命，主持京城防务，身先士卒，率领军民奋勇抗敌，终于击退金兵，大获全胜，史称“东京保卫战”。但是他遇到的宋朝几任皇帝尽是昏庸腐败的主，致使文武双全报国无时，满腔热血却换来仰天长叹，一生都在贬而复用，用而复贬中沉浮，直至闻听朝廷与金国签订屈辱的“绍兴和议”消息时，拍桌痛哭，义愤成疾而亡。朱子称他为“一世伟人”。林则徐在福州为其建李公祠，并亲自题联：“进退一身关社稷，英灵千古镇湖山。”

铁城的铁面人物还有不少。刚正廉洁、善断疑案的宋朝正奉大夫上官凝；朱子之师，官至兵部尚书兼侍读却一意去官归田的黄中；不惧秦桧淫威，为忠臣申冤而被削职的理学家何兑；继承乃父遗风，为人正直、为官“宽仁”，被朱子引以为志同道合的何镐；抗过金、战过元，令敌军闻风丧胆的将军杜杲；被梁启超赞赏的“以一身之言动、进退、生死，关系国家之安危、民族之隆替者”的袁崇焕。经世治国有赖霹雳手段，居家教子想不到也用铁腕。工部侍郎黄峭弃官归隐故里邵武和平。正当家和业兴，子孙满堂时，他却一反“父母在，不远游”的传统，告诫子孙“漫云富贵由天定，三七男儿当自强”，在八十寿辰上分18个儿子各骏马一匹、瓜子金一斗、族谱一本，信马由缰，马停而居，随地作名，开创家业。临行黄峭公一首《遣子诗》，成了邵武人铮铮铁骨的精神写照。

铁城难道真是浑然如铁，铁关铁川、铁面铁腕、铁石心肠?

事实上铁城山川本来妩媚。昭武的另一种含义，就是武夷山之南，因为古人以南为昭。应当说，武夷山一应秀美风景它都拥有，所以邵武又被称为南武夷。邵武城关西有熙春山驻景，南有福山祥瑞，东有灵猴山引领，北倚寿山福康。特别是西南郊的樵岚山之水，逶迤入城，形成九曲。诗曰“千山表里重围过，一水中间自在流”。而登山即可见邵武八景：熙春朝阳、樵岚秋稼、西塔暮钟、北桥春舫、丹台梅月、石鼓松风、五曲精庐、万峰梵刹。城内“一望三万九千烟”。城外，山既去而复回，溪既合而复开。千峰浮翠，富屯长流。有“丹岩百态自成奇，幽谷暗峡蕴清流”的天成奇峡，她是世界丹霞自然遗产和世界地质公园的重要组成部分；有“岗峦云气互吞吐，岩崖瀑布相喧嘈”的道山景区，她在唐代就被人誉为“五台仙境”；有“动物乐园、植物博物馆”的将石景区，新中国成立后被列为将石自然保护区；有保存完整，如同昼锦般四千多年的城堡式村落和平古镇，她被评为国家级历史文化名镇。新近开发升级的人民广场、文化艺术中心、福山森林公园、龙湖森林公园、城市夜景工程、云灵山漂流、晒口温泉，给这座城市带来更多的灵动和温馨。



历史上铁城人也不乏温文尔雅、柔肠百转之人。严羽便是其中的一位。投笔从戎，抱负难施，索性回到故乡，羊裘一身，不问寒暑，富屯垂钓，不问渔否。平日里却把个诗歌诗话写得花团锦簇、鞭辟入里。他的《沧浪诗话》蜚声古今中外。记得读研究生时，文学课的作业就是阐释严羽的“羚羊挂角，无迹可寻”论点。说的是诗歌文学的特征要借重形象、意境，如空中之音、相中之色、水中之月、镜中之像，主题和思想都要隐藏其后，所以诗和文学作品要有朦胧空灵之趣，含蓄蕴藉之美。当时作为一个初识文学的我，读到八百多年前这样气象不凡又极具审美规律的大师高论，那是何等的震惊和愉悦。无独有偶，铁城北宋名儒吴处原作词时，“用字精微细致，遣句圆美醇熟，用典含蓄工稳”。铁城还有许多铁面慈心之人。就是那位铁心抗金的李纲，对黎民百姓却有无限的同情。他的一首《病牛》把人民性表达得淋漓尽致。“耕犁千亩实千箱，力尽筋疲谁复伤？但得众生皆得饱，不辞羸病卧残阳。”我不知道后人的“孺子牛”“老黄牛”说法是不是受此影响？那位黄峭公日暮桑榆子孙满堂之时，却将儿子遣走四方，实际上却是大爱至绝，心存后福。

却原来，邵武真是个人间福地。

## 二

邵武人的幸福感觉还与一个人有关——张三丰。

说张三丰祖籍在邵武，许多人都不相信。那年给央视“走遍中国”栏目报了张三丰选题，开初他们怎么都不同意，后来实地一考察，竟然认为张三丰的祖居地，邵武最为靠谱。于是斥全力拍摄了《福地仙踪》专题片。闽北文化人马星辉先生告诉我，其理由有以下几方面：一、志书记载。志书有关张三丰的文字共有八处。明朝陈让主编府志的寺观卷这样说来：“张子冲，又号三丰，邵武四十二都坎下人，卖樵事母。”省志《闽书》的仙释卷中，记录了吕洞宾为他超度的经过。民间传张三丰常说：“一心无挂碍，愿见吕先生。”志里认为先生生于宋，封于元，化于明。二、族谱发现。《张家族谱》中明确登录张子冲为邵武市坎下村坑池里人，共有三兄弟，他是老大。年轻时被元朝县令械押京师，后就不知所终。元至正二十五年（1365），被朝廷赐封为神仙，并批准修建宗祠家庙，祀张三丰神位。三、遗址犹在。张三丰修炼的翠云庵，至今仍保存着元朝至正年间的石柱柱础、石雕、石水缸、石槽等；和平镇朝石村有一方摩崖石刻，镌有张子冲念经、念佛的经历；和平镇的留仙峰上，有一方明代的石碑，记录了张子冲闭关修炼的情形。除此之外，张子冲的水井，出生的房子以及后人纪念他的三丰观，都是富有说服力的实证。但是，文本和民间所传张三丰祖居地更多的是今日辽宁彰武，“邵武说”并不流行。当地文友们认为原因有两个：一方面，张三丰不以耕读为本，不走仕途之路，一心向往成仙，不值外扬。据说他幼时曾经眼疾失明，母亲将他送白云禅老张云庵作弟子，半年后天目复开，从此矢志学道。在传统中国社会，像他这样不足以为后代效仿。家谱中提到的张家祖训“务本、志勤”据说就是针对张三丰而言。所以族人羞于宣扬张三丰。另一方面，三丰形象怪异，行为特别。书上形容他：人如龟鹤，两耳垂悬，浓眉大眼，须髯如戟，破衣披蓑，不修边幅，所以被人称为邋遢道人。他食宿无定，或者数月不食，一食则升斗；数月不眠，一眠则月余。他居无常所，云游四方，兴时穿山越岭，倦时铺云卧雪。他自吟：“一刀一尺遍天涯，四海无家却有家。”吕祖说他“朝游北海暮苍梧”。宝鸡山三峰挺秀，他便把自己的名号改为三丰；黄果树瀑布引发灵感，他便题了句自今无人对出的上联——“滴水成棉不用弓弹自散”；武当山更是祖庭所在，他带领弟子披荆斩棘，创业立基。他的学识经历也颇为传奇。自称是江西龙虎山张天师的后裔，使他出家的是邱真人，传他得道的是火龙真人，师承的却是睡仙陈抟老祖。金庸先生又说他是少林僧人觉远的弟子。至于他的生卒更是扑朔迷离。有人说是南宋，有人说是元代，有人说是明朝，还有人认为他千年不死。明朝几代皇帝都与他有过节。朱元璋下诏不仕，朱棣致函不见。无奈皇帝只得斥资无数，调用军民历经十载在武当山上为其修建两万多间宫观庙宇。明英宗当朝听说200多岁的张三丰又出现在武当山，便发布诰命，刻制铜牌。张三丰真可谓神龙见首不见尾。了解了这些，人们就不难明白为什么张三丰出生地有二十余个去处。我们无法断言张三丰肯定是邵武人，但应该承认这毕竟也是一家之说。

神圣究竟何方人氏并不重要，关键是他的思想和贡献。张三丰学说不同于其他道派之处，在于“三教”同一和“内丹练养”。他否认中国文化有三教之分，认为只不过是创始人不同。儒释道都是讲“道”。儒家“行道济时”，佛家“悟道济世”，道家“藏道度人。”同孔子一样，老子所传的也是“正心修身治国平天下。”儒家修养人道，仙家修炼仙道。张三丰把两者联系起来，以修人道为练仙道的基础，强调无论贵贱贤愚、老衰少壮，只要素行阴德，仁慈悲悯，忠孝信诚合于人道，那么离成仙就不远了。他还别出心裁把儒家仁义道德与道家炼丹的铅录画等号，把阴阳家的五行（即金木水火土）儒家的五德（即仁义礼智信）和人体的五经，一一对应起来，说：“五德即五经，德失经失，德成身成，身成经成，而后可以参赞天地之五行。”他提倡“内丹练养”。把内丹修炼各个环节，诸如炼形、保精、调神、运气、归真表述得明明白白。正因为如此，他将道教学说发展到一个崭新阶段，直到清末以张三丰为祖师的教派就有十七个之多。

很值得一提的是，张三丰为他的思想找到一个很好的载体和表现形式，近乎彻底和完美。那就是武当绝技——内家拳。武当绝技与少林功夫，是中国武术两座并峙高峰。张氏的内家拳，诸如太极拳、八卦掌、形意拳、五行拳、纯阳拳、玄武棍等，从定名、路数、打法都同道家的理论和修炼紧密相连，都是从道教经书中演绎而来，讲求意、气、力的协调。这些特征无不与道家的淡泊无为、清静柔软的主张相吻合。他把修仙的方法，诸如导引、吐纳、气功融合到拳术中去。张三丰突破了传统玄奥的框框，采用了群众喜闻乐见、通俗易懂的形式和语言。二十四首的《无根树》诗词是个经典。他把内丹修炼的每个关键都用一首诗词，形象通畅明白表达出来。例如规劝世人超脱名利，及时修身，他是这样说的：“无根树，花正幽，贪恋荣华谁肯休。浮生事，苦海舟，荡来飘去不自由。无岸无边难泊系，常在鱼龙险处游。肯回首，是岸头，莫待风波坏了舟。”无怪乎后人称之为“吐老庄之秘密，续吕钟之心传”“要知端的通玄路，细玩无根树下花”。正因为这些特点，张三丰的思想和实践广为人民所接受。太极拳可能是世界上拥有人数最多的体育运动。很多人也许不知道，那是张三丰云游龟山时，无意看到鹰蛇相斗攻防姿态，觉得非常符合道家所言之理，从而悟制了这一武当功夫。它和以往一味讲究凶狠彪悍，先发制人的武功不同，追求的是以柔克刚，以静制动，极具阴阳开合，虚实相生，动静自然，圆转轻灵的意味。有的是“纵使六子俱巧舌，也难描写雪花飞”的境界。“铁鞋踏破江湖上，不及张家妙术工。”也许人们并不赞同他的道教价值观念，但却喜欢“内以养生，外以却恶”的内家拳，习使之，有增强体质、延年祛病、陶冶性情、磨炼意志的功效，对于中华民族而言，实在是造福大焉，功莫大焉。从这个意义上说，张三丰的理论实践完全是一种大众幸福学说。



## 三

2012年的国庆中秋，央视新闻联播栏目推出一档别开生面的“你幸福吗”的街头随机采访。提问的突兀，回答的多样，引起人们的议论和反思。人们忽然发现，幸福可以说离我们很远，也可以说离我们很近，幸福很抽象，又很具体。什么是幸福？除了那个“我姓曾”的“神回复”外，可以把答案分成物质的和精神的两大类。

幸福是精神的。总有那些人总有那些时候，把幸福看成一种感觉，尤其是那些为主义、为信仰、为气节、为良心、为守信、为感情、为艺术而活的人。在他们的眼里，只要领略了崇高伟大，收获了奋斗成功，体会了甘苦相知……只要精神愉悦满足，就得到了人生的幸福。在他们的世界里，幸福和物质不需要画等号，甚至可以相悖而行。李纲的不屈铸成了“南渡第一名臣”的形象，严羽的不遇造就自己的文学殿堂，黄峭的不怜换来后代子孙连绵香火。当代的邵武人朱邦月信守对工友生前的一句承诺，用一条腿支撑起三位苦难妻儿的全部天空，当人们为此唏嘘不已，他却始终以那慈祥而爽朗的笑容面对。幸福于他们可以简单到：跋涉茫茫雨夜看到家中的那盏灯，忙碌种种事务听到儿孙稚气的一声嗔，一生苦苦追求只要那深情一回眸，屡试屡败百折不挠赢来登顶的那一步，甚至简单到一朵花的微笑、一株草的摇动、一缕阳光的妩媚。原来以为这是中国人传统的幸福观，想不到亚洲小国不丹更是如此。不丹总人口仅有 67 万，人均国民生产总值 1400 美元，20 世纪末才有电视机，五分之一人口生活在贫困线下，全国仅有 2 架飞机，但是幸福指数却排在亚洲第一、世界第八。那里有山脉、庙宇、僧侣和石板路，那里是最后的“香格里拉”。有的媒体观察到“连路上的狗都在微笑”。2011 年 7 月，联合国大会通过一项由不丹提出的非约束决议，将幸福指数这一概念纳入国家“人类发展指数”的考核。

幸福又是物质的。随着价值规律主导的市场经济成熟，越来越多人现实地看待幸福，执政者也越来越多地把“幸福”作为施政目标。不丹国制定了幸福国家的指数，包括了生活、文化、健康、教育、生态等内容。其系统性、客观性和科学性都具有西方理性思维的特征。原来幸福是可以具体衡量的。报载中国已有 100 多个城市提出建设“幸福城市”。虽然多地对“幸福”有不同的理解，但都有公认的指数。2012 年 9 月 19 日，中国公共经济研究会发布了全国幸福城市排名；8 月 19 日，央视发布了省会城市幸福感排名。我们对多项指标稍加分析，就可以发现，在现阶段城市环境和居住状况成了左右评比的重要因素。近一轮台湾幸福城市的评选，台北名落孙山的原因主要在此。邵武是闽北最像城市的地方。20 世纪下半页，当时执政的领导十分高瞻远瞩城市建设，邀请了一批专家科学规划了城市，然后一任领导接着一任建设。近年来，他们又提出打造“人居福地”理念，城区面积从9.6平方公里，扩大到16.8平方公里。启动城市第二污水处理厂、生活垃圾填埋场，全市生活垃圾无害化处理率达到93.1%、城市污水处理达到76.62%、烟尘控制区率覆盖率达到100%，全市建成综合性公园、街旁公园的各类绿地70余块。城市绿地率38.22%，绿化覆盖率44.5%，人均公园绿地面积高达19.08平方米，三项指标都超过申报国家园林城市标准。全市水域功能、生活饮用水源水质达标率为100%，环境空气质量优质。邵武被评为南平市唯一的省级文明城市。

然而，真正的幸福应是物质和精神辩证的统一。没有物质的幸福是水中的月、镜中的花、空中的楼阁，终究难以持久和普遍，和人类征服和改造客观世界的目的相背离。有人极而言之，当物质发挥作用时，所有的真理都缄默了。物质利益原则是人类社会发展的动力。一切追求真善美的崇高值得敬重，一切通过合理合法谋求的“人间烟火”也无可厚非。反过来，没有精神升华的幸福是冰冷的铁、铜臭的金、动物的本能。如果把为人服务的物质作为“上帝”来顶礼膜拜，甘愿沦为他的奴隶，那是人的异化的悲剧。“人总是需要一点精神的”。有人调侃：太多钱的人未必幸福，因为他总担心钱会失去；太少钱的人也不会幸福，因为他整天忙于油盐酱醋。幸福作为物质和精神的统一是共性与个性的统一。有人比喻生活中的幸福有如享受一次自助餐，就是夫妻两人的盘子饭菜也是不一样的，一百个人就有一百种花样和分量，同时这种统一还是历史具体的统一。周立波在他的节目中说，幸福观是变化的。小时候，它是个东西；长大后，它是个目标；成熟了，它是个心态。虽然幸福的感觉未必随着年龄改变，但它却因时因地而发展。曾几何时，温饱是一种奢望。“三十亩地一头牛，老婆孩子热炕头”成了奋斗目标，然后是“楼上楼下，电灯电话”。

而现在年轻人计划逃离“北上广”，到二三线城市寻求安稳舒适；中年人开始戒烟戒酒，锻炼身体；老年人不怕“啃老”，做了菜、打了酒，盼望子女“常回家看看”。人们常挂在嘴上的“你吃了吗”问候语变成了“你幸福吗”。确立物质和精神统一的幸福观，就能够宠辱不惊闲看庭前花开花落，去留无意且望天上云卷云舒；就能够把心放平，把心放轻，进退自如，取之有道；就能够“赠人玫瑰，手留余香”“给永远比拿更愉快”。正如国学大师钱穆所言：“心与神，与物和合为一了，那是心之大解放，那是心之大安顿。”十八届中央政治局常委与中外记者见面时，习近平同志的讲话十分强调民生福祉。他说：“我们的人民热爱生活，期盼有更好的教育、更稳定的工作、更满意的收入、更可靠的社会保障、更高水平的医疗卫生服务、更舒适的居住条件、更优美的环境，期盼着孩子们能成长得更好、工作得更好、生活得更好。人民对美好生活的向往，就是我们的奋斗目标。”邵武市正从物质上、精神上为打造幸福城市的目标努力着。

# 顺昌之顺





## 一

顺山顺水，山昌水昌，故曰顺昌。

“看山随处好，春服洒层云。”人们总是从山直接感知顺昌。山是这个县的本色，面对的是山，背靠的是山，走出几里外，环顾左右还是山。“正入万山圈子里，一山放出一山拦。”一座山，一个精彩世界。华阳山，庄重明媚，不仅仅是古藤识人，瀑布成趣；七台山，岚翠宝色，不仅仅是峰岚彦彦有七，雄、秀、险、奇集于一身；郭岩山，雄伟高标，不仅仅是群山之首，“奇秀西瓯”和独特的“大节竹”；天台山，瑰丽无比，不仅仅是石头王国，银杏故乡。还有宝山、演山、峨山、瑞云岩、合掌岩……山是顺昌人民的摇篮，更成为他们的宝库。闽北老林业人告诉我，顺昌是全国最适宜栽种杉树的地方，因此被评为中国唯一“杉木之乡”，同时还是中国“竹子之乡”。民谣传“吃不完的浦城米，砍不完的顺昌高阳杉”。20 世纪五十年代，国家把“东北林业模式”复制到顺昌，建立了年吞吐量四十万立方米的建西贮木场、年产十万立方米的制材厂，林业机械厂、水电站、森林医院、子弟学校等社会配套一应俱全。最让人称道的是 142.66 公里南方最长的森林铁路。1964 年，时任省委书记的叶飞到林区视察，随后在顺昌境内又成立了一个以林业为主的建西县人民政府，全国各地二十多个省市一万三千多人汇聚此地。著名电影艺术家赵丹也前来这里，导演拍摄了反映南方林区生活的电影《青山恋》。

顺昌介居万山，同时又众水辐辏。有多少山就有多少水。水是顺昌最大的美色，也是最大的亮色。县志云："闽多佳山水，而顺当汀、邵之水汇流。"富屯溪、金溪在城关汇合，形成了富金湖。湖水诗意般环绕城关，形成S形状，有如太极图那条阴阳线，县城就像其中的鱼眼。又如一条蜿蜒起伏的长龙，县城又像那耀眼的龙珠。湖拥县城，城映湖中，山水城浑然一体，音诗画美不胜收。"湖光山色岸线美，万间掩映翠微间。"于是主政者按照专家们的意见，提出打造岸线风光顺昌城的主张。梭罗说过："一个湖是风景中最美、最有表情的姿容。它是大地的眼睛，望着它的人们可以测出自己天性的深浅。"一县有水且居住有湖，不能不说是天赐这方百姓之福。有多少情感可以与之诉说，有多少想象凭此发挥：你可以把它看着平的，风清月白，平和如镜。正衣冠，照镜子，检点平生，直穷自己灵魂深处。你可以把它看着圆的，点点滴滴，圆融通达。圆拥有无数个点，意味着再多的困难都有解决的办法，一切皆有可能。你可以把它看得很高，日月星辰出没其中，雾霭祥云游荡其间，岁月有形地流淌，风景无边地展开。你也可以把它看得很低，低眉顺眼，随物赋形，不求上达显赫，只要润物无声。古往今来，富金湖录下几多圣贤幽思感叹：朱熹观湖喜不知返，"烟波方渺然，坐此溪上阁"；廖刚白日兴致未尽，夜半还起身，"清夜鸣榔何处曲，冷光平泛玉帘钩"；姚宝别具一格深夜听湖，"四时湍练穿三峡，半夜蛮雷振万家"；廖德明则由此湖联想到心仪的彼湖，"春到偏临春草渡，梦中尤记白鸥湖"；黄立却从湖里拎出诗画，"屋讶漂波面，舟看过树巅"；曾启观湖兴起，竟然"料得骊龙睡稳，好探颔下明珠"，与李白水中捞月如出一辙。

山水大顺亦即山水和谐。县志云："观乎崇山峻岭，其拱抱也；层岗叠陇，其拥护也；长溪巨浸，其环绕也；清流激湍，其映滞也；

非一方形胜耶?”此邑“山色镇留春色在,水光长带宝气浮”,因此孕育生灵,造就人物。明代顺昌知县马性鲁在《凝秀亭记》中,把这个道理讲得很清楚。他认为山川之秀就能水火相济,山泽通气。于是万古此秀气,流行而不息,发育而不穷,人得其最秀而最全者为圣贤,为豪杰,为俊人。古人解释个中原因,“有起伏之象焉,可以审常变之势;有清浊之象焉,可以见善恶之机”,所以地灵人杰。天地间的大造化、大气象大抵如此。山水顺,人物出。顺昌山川代有人才,最具历史风流的首推廖刚,人称“顺昌开国男”和“八闽第一廖”。2008年全国普通高校招生统考语文试卷用宋史《廖刚传》。试题分值九分,有三道选择题。题目看似简单,但不读完读懂684个字的《廖刚传》,就无法拿高分。廖刚生活在北宋宣和至南宋绍兴年间,曾师从大理学家杨时,27岁中举,官至监察御史。传记反映廖刚几方面的事迹:一是刚正。人如其名,刚正不阿。“不畏强权,论奏无所避”,铁面使“骄横者肃然”,连主政的蔡京心生惧怕,专权的秦桧恨之言之:“是欲置我于何地耶?”郑忆年巴结秦桧而得美官,廖刚不仅上疏奏其恶行,而且当众斥郑:“有何面目尚在朝廷乎?”二是献策。我不知道“屯田”做法源于何时,但廖刚曾向宋高宗建言:“国不可一日无兵,兵不可一日无食。如今诸将率军布于江淮之间,依靠东南百姓供给,地方困难因此与日俱增,不如实行重耕战,行‘屯田’之策,自己动手,丰衣足食。”他还向朝廷提出了抗金、迁都、造城、改造民风等一系列很有见地的良策。三是劝盗。绍兴三年(1133)盗匪四起,官吏悉数逃走,正在家乡的廖刚亲自出面劝说盗贼,晓以大义,诉之以情,反复数次,苦口婆心。匪盗有感于廖刚的信义,终于散去。四是孝顺。他为了照顾双亲,多次要求外放家乡附近的地方任职。父亲去世服完丁忧,他又以母病为由辞去工部员外郎职务,在家侍奉母亲。朱熹和张栻十分仰慕廖刚,后者还亲自为其撰写墓志铭:“岂因其位,惟德之故。”像廖刚这样的人杰顺昌还有不少:理学家廖德明、一代良吏叶宗远、博学明经的余良弼、“忠好天官”李默，骁勇善战的“三边名将”饶云、文武双全的“状元”姚宝。

## 二

与顺昌山水性格迥异的传说人物是孙悟空。

这是一位桀骜不驯的叛逆者，一位与生俱来的“反潮流”。孙悟空不顺着走，总是逆着行，甚至“大逆不道”，极为任性。一部《西游记》就是他的“造反”成为“斗战胜佛”的英雄史。他的出生就不同凡响，天生地长，石头缝里蹦出来的神猴，所以“不服麒麟辖，不服凤凰管，又不服人间王位拘束”。一个筋斗翻出十万八千里外，开阔的视野让他有了更高的追求，花果山已经不能满足了，他要寻仙觅道；“弼马温”名称不喜欢了，他给自己取了响亮名号“齐天大圣”。及至后来，天上地下一切都不在他的眼里，他走到了极端，居然提出“皇帝轮流做，明年到我家”，以致招来身陷五指山下，头被“紧箍儿”牢牢套住的遭遇。好在他性格不顺命运还顺，经过西天取经九九八十一难，终成正果明正见性，西行成佛。

不管外人怎么争议，顺昌人始终把孙悟空作为家乡人。有石为证。宝山山巅矗立一块巨石，无论仰望平视，横看侧目，活脱脱一个孙悟空头像，咧开的笑嘴，聪慧的额头，一脸茸毛，异常灵动真切。据说台湾大圣信徒一见，纳头便拜，长跪不起。有寺为凭。顺昌境内齐天大圣、通天大圣庙宇祭坛多达66处，其中最为典型当数宝山寺，它是全国第五批文物保护单位，也是国内唯一尚存的仿木石构建筑，柱、梁、檩、瓦、斗拱、脊饰、鸱吻俱为石材，大的构件重量要以吨计算。建筑年代为元正二十三年（1363）。宝山寺主祀“三济祖师”，配祀“齐天大圣”。让人称奇的是寺庙的南天门前低洼处，附属一座小石庙内竟然有齐天大圣、通天大圣的祭冢。有俗可习。大圣文化在顺昌可谓家喻户晓，口口相传。当地文化人王益民先生认为大圣信仰源起于唐末五代，盛行宋、元、明，深深地融入顺昌人民的血液中。每当农历七月十七日孙悟空诞辰，百姓都要举行盛大的纪念活动。正是基于以上各方面因素，张纪中执导的新版《西游记》主要外景地选择了顺昌。

实际上，争议孙悟空家乡何处是个“伪”命题。孙大圣仅仅是个文学典型，早在《西游记》小说面世之前，猴崇拜、大圣文化已经滥觞于全国各地，而顺昌尤为突出。文学艺术源于生活又高于生活。作者吴承恩把民间流传进行加工，塑造了孙悟空的形象。书中的孙悟空已经不是传说中的孙悟空，但又包含了其基本性格和事件。有件事很能说明问题，宝山祭冢里的两圣为兄弟俩，兄为齐天，弟为通天，但在吴承恩的小说中，兄长的名号“齐天”却给了弟弟。当然，文学作品一经形成又极大地反作用于生活。大圣信徒越发把孙悟空当作神来信奉，从祭祀也可略见一斑。顺昌的祭拜活动大体分为请神、游神、娱神和送神。整个表演可谓惊心动魄，诸如“过火山”“打油锅”“走刀尖”，甚至用神针穿腮，完全像无所不能的孙大圣做派，充满了神秘刺激的色彩。我们不好说孙悟空的故乡在此，但可以肯定大圣文化的源流绝对与顺昌有关。

## 三

合掌岩应是顺昌城关思幽怀古，指点江山的好去处。“岩去城五里，居人可启棂而见”，奇峰拔地而起，“望之崭崭然特峙也。”登临其顶，山色浓淡，水流急缓，城郭参差，一切尽收眼底。松涛乍停之时，云雾消散之际，所有自然和历史的奥秘瞬间披露。顺昌过去、现在和将来的密码似乎逐一破译。思绪有如踏波富金湖，“解缆放船，顺风张棹，则巨浸汪洋，纵横任我”。

顺达昌盛。中国人是最讲顺的，可谓“大顺民族”，一个“顺”字，代表了几多中华文化。要自然风调雨顺，顺山顺水；要社会风正气顺，和顺天下；要处世名正言顺，履信思顺。分别时，祝愿一切顺利；重逢时，当问顺之不顺；悲痛时，宽慰节哀顺变；欢乐时，酒杯一端“六六大顺”。孔子从两个方面谈顺：政治伦理领域，“名不正，则言不顺”；信仰领域，“六十而顺”。“顺”是中国人使用频率最高的字眼，大到关系国家民族命运，小到个人喜怒哀乐，中华顺昌是民族之梦，和顺乃齐家之本。顺是祝福，顺是慰藉，顺是方法，顺是境界。曾几何时，顺昌县如其名，“夫林木之蕃，物产之富，麓泽之博，舟楫之便，网罟之利，实民生日用之所不可无者，又非一方之地利哉?”计划经济时代，顺昌最具发展的天时地利人和的因素。交通便利，北上南下畅通无阻，是闽北除延平外上省城最近的县份，工业相对南平又比较发达，所住居民来自“五湖四海”。顺昌人绝不排外，正如人们常说的“山好水好人更好”，以至于知识青年上山下乡时，都把顺昌作为闽北首选，应了古人的评价：“民气顺时天气顺，眼前景物尽繁昌。”



惟顺在变。变和顺是对应统一的。变是顺的条件，顺是变的结果。顺是相对的，暂时的，而变是永恒的，绝对的，不变的是变，世界万事万物总在发展，一个旧平衡的顺终究要被新的所取代。变是人类社会发展的动力。中国人讲顺也讲变，“六经”之首的《易》，通篇谈变。中国文化说到底就是通过自身的修养来适应天地变化实现天赋使命，亦即“天人合一”。“周虽旧邦，其命维新。”佛教来了，它能融而化之；西风吹过，它能“详为中用”；马列主义输入，它能创新成“中国特色”。中国共产党人具有与时俱进的品格，中国近三十年的巨变最根本的原因在于改革，实现民族复兴仍然要从改革中找“红利”，大众创业，万众创新。进入市场经济时期，顺昌大顺局面风光不再，地理边缘化、工业老化、财政弱化，加上人为的灾难，发展遇到了很大困难。但是历届顺昌班子迎难而上，带领干部群众革故鼎新，励精图治，毕竟顺昌人骨子里还有攻坚克难善于七十二变的孙悟空基因。

顺变有道。自然界、社会和人类思维发展，无不按照一定的规律运动，人不能创造和改变规律，只能认识规律，创造条件利用规律。顺和变都应遵循规律而行。所谓顺其自然，顺势而为就是这个道理。顺字拆而解之，即从页从川，页指人头，川则归向大泽大海的水流，合起来表达的意思就是“人头朝向王者”。引而释之，朝向同一个方向，我的理解就是沿着趋势潮流前进。顺天顺时、顺风扬帆、顺变达权，于是“顺之者昌”，反过来“逆之者亡”。当然，按规律办事，实事求是，并不反对发挥人的主观能动性，相反，更强调其有效的发挥。顺昌人近年来顺势而动，依照“机制活、产业优、百姓富、生态美”的路子，实施“五位一体”的追赶工程，推动“十项改革发展任

务”和“十五项行动计划”，打造大山水生态宜居城乡，一批企业和乡村风生水起。欧普登就是其中之一。当年下乡知青卢璋先生，胸怀回报桑梓的赤子之情，依靠所学的先进技术和管理经验，凭借当地青山绿水的优美环境，直接同世界500强企业联姻，生产等离子电视及液晶电视的前挡玻璃，将顺昌推向世界发展的前沿。公司拥有员工2000多人，5个生产基地，产值超过20亿，资产零负债。张墩就是闽北普通的一个小山村，但他们把“绿色生态、田园风光、特色产业、乡土气息”加以突出，建设出一个“青清山水、深生田园、最醉酒坊、浓融乡愁”的富美乡村，短短一两年时间，跨入全国美丽乡村行列。从这两个典型我们就不难看出风水轮流转，重振顺昌大顺局面的曙光已经初现。

# 大潭之香





## 一

总被种种莫名的芬芳包围。在这大潭山下，建溪之阳。轻轻袅袅，宛如霓裳曼舞；厚厚浓浓，就像重兵压城；不招即来，挥之不去；欲辩面目，只觉若有若无；抽身而去，却又若即若离。难道我们有过百年约定？此地此香、春夏秋冬、不绝如缕、天长地久。

冬香潭城，梅花清绝。“疏影横斜水清浅，暗香浮动月黄昏”。这联咏梅的千古佳句，倾倒无数文人墨客和“梅”迷，因而作者林逋赢得了“梅妻鹤子”的雅称。原以为诗中所说皆是杭州小孤山风物。近读刘建先生《大潭书》，方知不仅诗中意境来自建阳，就是诗句原创也是潭城江为所作。他的原诗是“竹影横斜水清浅，桂香浮动月黄昏”。林逋只是动了两个字，将“竹”易为“疏”，“桂”改成“暗”，虽有点化之功，不过知识产权应归江为，可是文学史上却没有为他留下点滴。比诗名被屈用更为悲惨的是其人生，尚未展示才华抱负，就因帮助叛国好友代书，招来连坐死罪。临刑前，仍不失诗人风采，口占一首：“衙鼓催人急，西倾日欲斜。黄泉无旅舍，今夜宿谁家?”建阳另一位与梅花有关的诗人是南宋的刘克庄。他任此地知县时作《落梅》诗一首，尾联为：“东风谬掌花权柄，却忌孤高不主张。”意思说东风掌握众花生杀大权，妒忌梅花孤高因而任意摧残。吟者不知有意还是无意，当朝言官小人却指控其为“诽谤当国”，所以落职被黜。“虽然不识桃与柳，却被梅花误十年。”从这以后他与梅花结下不解之缘，一生写了百多首咏梅诗词。君睹潭城梅花，个中应有诗香如故。

秋香潭城，嘉禾金黄。建阳有山取名黄花。如此诗意之称。人疑或许因为金针满地，或许因为丹桂遍野，实际上却是亡化之地。更有古城称谓嘉禾。大宋年间，建阳水稻已能做到“一年两收”。来自越南的“占城稻”表现极佳。景定元年（1260），居然长出了一本十五穗，且穗穗饱满。报上朝廷，龙颜大悦，诏改建阳为嘉禾县。历史上因水稻赐名的县委实不多。相对于梅花之清高、菊花之霸气、桂花之浪漫，嘉禾之香更是朴实和有用，更讲道德和高尚，更为壮观和大气。阡陌之上，嘉禾香阵如浪如涌，波澜壮阔直逼云天。为此舞之蹈之的不仅仅是文人骚客，更多的是父老乡亲，农人百姓。令人可喜的稻花香里说丰年，收获笑声一片。



夏香潭城，荷花热烈。百花园中，似乎没有比荷花更多的承载人文意义。她出佛入道，象征本真；代表儒家，冰清玉洁；美人谱中，她对应的是吴越西施。究其多义原因，也许是莲子荷花一生色彩丰富，“接天莲叶无穷碧，映日荷花别样红”。也许是莲子荷花的一生功效，莲心莲叶清热解毒，根带可止咳，花瓣能治疮。不过旧时老中医药方用莲大多是建阳所产的“建莲”。最早的品种有青蓬莲、红蓬莲。很早的时候“建莲”就以“贡品”驰名天下，比其他莲子荷花更幸运的是，“建莲”还得到理学宗师的厚爱。朱熹一生极喜荷花，为之赋诗多首。“亭亭玉芙蓉，迥立映澄碧，只愁山月明，照作寒露滴”“澹然绝世姿，不与浓艳并。俯鉴冰雪影，讵怀儿女情”。大红大绿孕育晶莹雪白，温馨乡里彰显道性。

春香潭城，水墨淋漓。“竹外桃花三两枝，春江水暖鸭先知。蒌蒿满地芦芽短，正是河豚欲上时。”苏东坡这首诗家喻户晓。但是很少人知道此诗题于惠崇的《春江景图》，而惠崇则是建阳宋时的一代高僧。喜欢惠崇的还有宰相诗人王安石："画史纷纷何足数，惠崇晚出吾最许。"最中意他的还数黄庭坚。惠崇画潇湘洞庭，烟雨江天，几行飞雁，一叶扁舟。诗人见了一时兴起，竟然"欲唤扁舟归去"。站在身旁的朋友连忙提醒，这是水墨丹青啊！当然潭城的春意更在山水草木之间，"矧其山水所秀，二桥为画。茶笋连山，称妙天下"。很奇怪的现象是，建阳虽然也是"建茶"重要产地，但茶却香不过饮用的杯盏。范仲淹云："黄金碾畔绿尘飞，紫玉瓯心雪涛起。斗茶香兮薄兰芷，斗茶味兮轻醍醐。"诗中所提"紫玉瓯"就是潭城所产的"建盏"。也有称作鹧斑碗、兔褐瓯的。杨万里就这样谈道："鹧斑碗面云萦宇，兔褐瓯心雪作泓。"古人饮茶用的不是散茶而是茶饼，先要将其捣碎，磨细，过筛放入壶中煎煮。水初开时用茶调匀，复注沸水"环回去拂"，然后分盏饮用。分茶十分讲究，可以分成多种图案，以此斗茶评出高下。这对杯盏要求很高，一方面要久热难冷，另一方面如宋徽宗在《大观茶论》中说："盏色贵青黑，玉毫条达者为上。"而建盏最具备斗茶需求，特别是"兔毫盏"，造型优美奇特，釉黑晶莹润净，碗中兔毫条纹闪闪发光，为茶客所喜爱，理所当然成为朝廷贡品。黄庭坚赞曰："兔毫金丝宝碗，松风蟹眼清汤。"苏东坡叹曰："忽惊午盏兔毫斑，打出春瓮鹅儿酒。"20世纪30年代，美国人普拉曼驱车来到建阳从建窑遗址中带走了几大筐"建盏"的匣钵和碗块，数年后写下了《建窑研究》一书。他不无钦佩地说："无名的宋代陶工制造出崇高且文雅的建瓷"，"建瓷的釉是极端微妙不可捉摸的，因此是难以描述的"。当今世界不少著名博物馆均有收藏"建窑"精品。坊间曾经出现一只兔毫盏竟然拍到千万元的事件。我的日本朋友告诉我，若有"兔毫盏"一碗为礼，行遍日本不愁没人接待。"建茶"以回甘香长著称，谁知"建盏"竟能留香历经千年而不衰。

## 二

大潭四时有花，无处不香：建兰高香、古樟长香、葡萄清香、橘柚新香、紫檀沉香、白酒醇香、“扁肉”俗香，香中有香，香外有香。然而，潭城真香却发自历史深处，在那积墨池中、在那书林楼上。建阳书香，一香千年。

闽北注定与书有缘。中国古代传说神仙藏书于琅嬛福地。有人认为政和县洞宫山就是。主人公张华为官建瓯曾亲身游历。元代伊世珍的《琅嬛记》介绍了这一故事。晋人张华野外游玩被人邀到洞宫。洞内别有天地，宫室巍峨，室内尽是奇书异志、秘籍典册，一生雅爱书籍、博学多才的张华想在此盘桓几日，把藏书阅览一遍。但被拒绝，他只好询问洞宫地名，答曰“琅嬛福地。”由此琅嬛成为历代藏书和家居书室的代名词，读书人的心灵殿堂。



就在张华之后八九百年，神仙凡人所憧憬的“琅嬛福地”奇迹般在潭城出现。它肇始于五代，繁荣于两宋，绵亘于清初，前后千年。当时当地，“书坊林立，比屋弦涌。尤其是麻沙、崇化两镇，书肆鳞次栉比，所刻书籍上自六经，下至训传，坟籍大备，且行四方者，无远不至，甚至传诸高丽、日本。”“从宋代到明代的数百年中，建阳书坊刻书，不管是数量还是品种都占全国图书销量的一半左右。”据统计，“建本”“建刻”之书被列为国家级古籍善本的，史部书有480种，子部书有505种，集部书304种，从部书8种，合计1500多种。嘉靖《建阳县志》的《崇化书坊图》形象描绘了建阳雕版印书业的盛况：一个镇竟然有书林门，门外专设接客亭；门边西山建有文庙，庙道直连长街，街又分上下前后新与旧；镇内有溪穿街而过，上架六桥联络两岸八方；镇里内外，花榭亭台点缀其间，有景十处。专家言，当时书坊水井百口，寺庙百座，人口逾三万。居民之中大多“以刀为锄，以版为田”，童叟丁妇，皆能操作，“作场刻凿之声，如筝如鼓，终日不息。年关赶工，夜阑更深，灯火通明”。作坊印书的墨水沿坡南流，汇集到云衢桥北河滩上竟成一池，形成天下独特的墨丘景观。大学者熊禾云：“文公之文，如日丽天，书坊之书，犹水行地。”“书市比屋，皆鬻书籍，天下客商，贩者如织。”诗人查慎行身临其境，大为感慨：“江西估客建阳来，不载兰花与药材。妆点溪山真不俗，麻沙坊里贩书归。”

中国是世界雕版印刷的发源地，但其业态格局往往以地域为中心。建阳从宋代起就与“蜀刻”“浙刻”并立，号称全国刻书三大中心之一。有的历史时期还因其数量品种冠首天下，成为名副其实的“图书之府”。建阳刻书业其历史之久、规模之大、延续年代之长，在中国图书发展史上罕为鲜见。不要说专家学者，就是当今闽北人都很难想象，地处东南一隅的山区小县建阳，刻书业为什么会发达到独秀于全国书林之上？翻阅闽北文化人方彦寿、刘建、陈铎、路善全等先生关于建阳刻书业的专著及文章，对“建本”“建刻”“建安版画”兴衰原因，有了较为全面了解，方知“图书之府”出自潭城绝非偶然，刻书业在此兴起有其天时地利人和的优势。

天时。“天旋地转，闽浙反居天下之中。”朱熹这句话概括反映了从魏晋南北朝开始中国经济、文化、政治南移的情况。到了南宋，因为女真、蒙古入侵，中国人口又一次举行大迁移，闽浙一带已成为全国的中心，福建还被誉为“东南全盛之邦”。当时的闽北，人民“安土乐业，川原浸灌，田畴膏沃，无凶年之忧”，一派太平盛世的景象，成了天下人们的向往。名家大师纷纷涌入闽北。而自宋始，官方重文轻武，文章取士，科考用人，“学而优则仕”，一考定终身，于是天下研经读史，舞文弄墨，客观上形成对书籍巨大需求。

地利。首先是交通便利。海运未开或禁止之时，闽北是福建进出中原的战略通道，三条驿路必经建阳。又因为境内麻阳溪、崇阳溪交汇，再与南浦溪汇合成建溪，水运也极具规模。所以建阳历史上被誉为“闽地咽喉”“闽北走廊”。北扼江浙，南屏八闽，“地连闽浙之要冲，而路踵轮蹄之往来”，为“建本”行销天下“无远不至”创造了条件。其次，表现在物产丰富和经济的发展上。建阳素来是闻名的“林海竹乡”，印刷雕版所需的好材梨、枣木满山遍野，取之不尽。仅梨树就有雪梨、冬梨、旱花梨、铁梨、木梨之分。造纸所用的毛竹更是用之不竭。造纸业十分发达，《建阳县志》载：“嫩竹为料，凡有数品，曰简纸、曰行移纸、曰书籍纸，出北洛里；曰黄白纸，出崇故里。”当地人称为“建阳扣”的书籍用纸质地特别精良，“宋之麻沙版书，皆用此纸二百年”，直到清代，国内还有印刷企业为购此纸不惜向建阳“以值压槽”交付定金。印书所需笔墨也“俱建阳产”，且质量上乘。印刷用水也是天下独一无二。以其调墨，均匀光亮，字迹清晰，淡香扑面。

人和。南宋以降，闽北是中国主流文化继往开来的转折之地。从游酢、杨时承接道统南移到朱熹创立新儒学，都发生在这方山水。专家李致忠在方彦寿先生《建本》专著中说道：“过去在谈论闽建刻书时，常常忽略朱子闽学与此地刻书之间的关系，《建阳刻书史》特别注意了这一点。”他们集作者、读者、编者、刻者和收藏者为一身。理学家们大多兴办书院，广招弟子。古时闽北“书院林立，讲帷相望”。仅建阳由朱熹及其师友弟子就兴建了寒泉、云谷、考亭、西山、席峰、云庄、溪山、环峰、潭溪等十几所书院。书院老师要传播自己的思想，发表研究成果，便要刻书；书院的学生学习用书也要刻印，仅仅朱子门下高足有著作的就达68人之多，而其教过的学生则数以千计。理学大家所刻之书，无论在内容、编辑、核勘、版式上都为建阳刻书业起到高层次的示范。当然，推动建阳刻书业的还有官刻和坊刻，后者是刻书业的主体。坊刻就像当今的出版社、印刷厂，有的规模巨大，有的集编、刻、售于一体。他们以盈利为宗旨，所以“编撰名目新颖善变，刻印速度快捷迅猛，行销范围无远不至”。由于“重道轻器”和其他原因，我们只知道在宋代建阳的坊刻以余、刘、桑、黄、虞几姓比较有名，而直接从事书业的书工、刻工、印工和装订工鲜有其名，但是他们却刀走龙蛇，巧夺天工，年复一年，默默地为中华文化薪火传承做出贡献，创造了“建本”辉煌。“建本”有着自己鲜明的特点，除了四部俱全的内容，柳体为主的仿宋体书风、“建阳扣”的原料书纸、半叶十行左右的款式、初步的版权表现外，最不可思议的是版画的大量运用，开创了古代的读图时代。建本无书不图，每页一图，有上图下文、下图上文、中图边文，单面双面文、一页多图、月光图式等等。郑振铎先生说：“可以看得出建安版的书，总是以有插图为其特色之一。”“古小说版画的大繁荣局面，就是由建阳书林揭开了第一页的。”版画插图在“建本”中出现，增强了图书的通俗性、趣味性。这也是“建本”书香能够芬芳天下的重要原因之一。



## 三



如果历史的芬芳能够提取，那么大潭的历史该结晶出何种金科玉律，积淀几多金玉良言？怎样警世、醒世、喻世后来的我们？徜徉崇阳溪畔，抚摸崭新的亲水栏杆；攀登潭山上下，瞻仰刚落成的苏区纪念馆。站在历史和现实的节点思考这一问题，不禁浮想联翩，情如潮涌。

书香立市。唯有书香能致远。大潭历史，书香袭人。我始终分不清，究竟是建阳的人杰造就了“建本”的辉煌，还是“图书之府”教化出蔚为大观的人文书香厚德。“潭阳七贤”“蔡氏九儒”“刘氏十进士”“一门三及弟”“十八岁状元郎”“一邑七十二举人”……可谓满城皆鸿儒，往来无白丁，“南闽阙里，名人荟萃”。状元、榜眼、探花齐全，宰相、大夫、博士不缺，诗人、文学家、音乐家、书画家均有。众多先贤的思想特征大抵以“新儒学”为主线，以致形成文化史上令人瞩目的“考亭学派”，考亭门人姓氏可考的就有 551 人。围绕着一代理学宗师朱熹身前身后，形成了潭城人才群。出生于建阳麻沙长坪的游酢是潭城圣贤先驱，他与杨时一道，“立雪程门”，向程颢程颐学习“理学”，并将他们的思想带到南方传播，“吾道南矣”典故就是反映这一史实。从此，“河洛之学”“中兴于南，朱子者出，斯道乃大鸣于瓯闽之间，使天下后世，知有圣贤全体大同之学。帝王大中至正之道，万世行之而无弊者，其功大矣。”游酢可以称为朱熹先生的先生。潭城同道之人中，还有其战友、女婿、学生，而蔡元定是较为突出的一位。他来自建阳莒口后山的书香门庭——“五经三注第、四世九贤家”。元定拜师朱子时，先生大惊“此吾老友也，不当在弟子之列。”朱熹的许多著作都凝聚着蔡元定的心血。朱子称赞蔡元定：“人读易书难，季通（蔡元定）读难书易。”也许因为师生关系密切，朱子理学被打为“伪学”后，元定首当其冲罹难，被流放千里之外，客死他乡。明嘉靖九年（1530），朝廷下诏配祀孔庙，称“先儒蔡氏”，后来学者更誉他为“闽学干城”。正因为有门人弟子的努力，朱子去世后九年“理学”即被平反，朝廷封他为“朱文公”。至元一代，钦定其著作《四书集注》为科举考试的标准。不要以为理学家都是谦谦君子，只会高谈阔论，实际上“理学”家们十分注重经世致用。建阳涌现出了一批“大师”级的治国治世人才。建阳童游人宋慈，总结自己一生四次担任高级刑法官的经验，编撰了一部千古不朽的法医学检验专著《洗冤集录》，成了从元明清到近现代中国法官案头必备用书，宋慈因此被尊为世界法医鼻祖。以他的事迹拍成的电视剧《大宋提刑官》久播不衰。还是那位蔡元定，把音高分为十二个音阶，用天干和月份与之相配，增添了六个音律，其所著音乐巨著《律吕新书》，成为中国音乐史上的名著。无独有偶，建阳书坊人阮逸，亲制钟磬，多有著述，是宫廷音乐划时代的变革者。还有武举夺冠为国尽忠的熊安上，学贯中西的天文学家游艺，被日本人奉为“汉医至宝”著作的撰写人熊宗立，收入《四库全书》的《方舆胜览》作者祝穆，工诗善画的奇僧惠崇，《四库总目提要》推荐的工本诗话之一《诗人玉屑》作者魏庆之，既是刻书家又是小说家的余象斗。翻看潭城人杰的经历，个个先天聪颖，且人人无不后天刻苦。至今建阳还流传朱熹和蔡元定隔山夜读的佳话。1175 年，朱子隐居云谷山“晦庵草堂”，蔡元定复上云谷山对面的西山苦学。两山对峙，人影可见，喊话难应，天清气朗之夜，灯火能辨。两人相约，学遇困惑，夜间悬灯为号，次日往来，共解疑难。这是一道怎样的优美历史风景？它理应作为这座城市的底色和风骨，长描长新。

创新活市。唯有花鲜香气浓。“苟日新，日日新，又日新”。变革、开拓是一座城市的灵魂和活力的源泉。“建本”由盛到衰的过程再好不过地说明了这一道理。建阳刻书业到了清末走向式微。郑振铎先生这样描绘：“我曾到过建阳，那里是什么也没有了。书店早已歇业——可能在清初，至迟在清代中叶，就不见有建版的书了——要找一本明代建版的书，难如登天，更不用说什么宋、元时代的建版书了。只剩下夕阳斜照在群山上，证明那里曾经是‘盛极之朝’的一个出版中心而已。”个中主要原因，多有说法。一为“战争动荡说”。明末清初，明太祖第九世孙朱聿键在榕称帝，以图反清复明。于是战事不断，闽北狼烟四起。驻守建阳清军写道：“时城虚若谷焉，茸若薮焉。比屋洞开，阒天人也；道路崎岖，败瓦积也；深夜无闻，鸡犬尽也。”刻书业当然受到冲击，“闽峤共戈实饱经，昔年文献久凋零。麻沙旧刻无定版，微国元孙仅一丁。”二为“坊肆失火说”。建阳刻书中心历史上遭受几次大火，明弘治十二年（1499）麻沙遭受一场大火，“古今书版，皆成灰烬。”特别是咸丰、光绪年间两场火灾，给建阳刻书业致命打击，从此一蹶不振。三为“中心迁移说”。明末清初，随着资本主义生产方式的萌芽，经济中心开始向城市转移，“市列珠玑，户盈罗绮”，羌管菱歌，书画人生。书籍的内容题材风格以及阅读对象都相当都市化了。被边缘的潭城刻书业繁荣不再。清初著名的文学家、史学家王士祯称："近则金陵、苏、杭书坊刻板盛行，建本不复过岭。"八闽出省通道，"不来盗寇才经月，断绝人烟已五年"。关于"建本"衰亡的原因还有多种说法，莫衷一是。但有一点是大家都认同的，那就是创新没有持续。中国的文明史是从有文字的时刻开始的，而古人最早的文字是在木片、竹片、骨片或龟甲上书写的，用麻线连串成"策"，将"策"卷成筒状以收存就成为卷。东汉湖南人蔡伦发明了造纸术，唐初发明了雕版印刷，于是有了籍，而建阳人真正把它变成了书。应当说，建阳刻书伊始十分注重创新开拓，按照方彦寿先生统计，"建本"在出版史上之"最"有十七八个之多，诸如最早的丛书刻本，最早使用封面的刻本，最早有书名并带插图刻本，最早私家刻印《史记》、王维诗集，最早带插图的日用百科全书、连环画、杨家将、岳飞、妈祖故事小说等等。著名诗人杨万里将自己的"东坡集"与建阳刻本比较后，不忍卒读，盛赞建本："富沙枣木新雕文，传刻疏瘦不失真，纸如雪茧出玉盆，字如霜雁点秋云。"但随着形势发展，建本粗放性的经营和低成本的制作逐渐丧失了优势。更在于进取心不强，竞争意识极为淡薄。当浙江、安徽、江苏等地刻书家们广泛采用饾版，拱花、套印先进印刷技术时，建本的印刷者们却将这些技术一概拒之门外，仅有一位能用铜活字印刷的刻书家，还流落江苏一带。更为不堪的是建阳刻书家们不惜采用仿冒盗版等不正当的办法，只求速售牟利。曾经是最早注重知识版权的地方，竟沦为假冒伪劣盛行精神产品的"制造场"。创新的根本在于人才，出版业本质是文化事业。这个时候的建阳不再有游酢、朱熹、蔡元定等等大家，也不再有像余仁仲、余象斗等刻书业的能工巧匠。两宋时期，建阳的进士多达 107 名。到了清代，260 年间，只有可怜的 2 名进士，大潭真正进入了"大师之后无大师"的窘境。20 世纪 80 年代初期，"李约瑟问题"引起了国人注意：为什么在古代和中世纪，一度领先的中国科技技术到了近现代反而落后了？随后又有"钱学森问题"：为什么当今中国缺乏创新，特别是创新人才？大潭有过创新由盛到衰的完整生态过程，理当总结梳理。正面回答解决这些问题，高扬开拓创新的大旗，重占新时期发展的制高点。

文化富市。唯有文化花开最富贵。长期以来，人们总认为文化属于精神政治层面，只有投入，没有直接的物质产出。百无一用是文人，风花雪月只堪看。实际上，作为狭义的文化，不仅是精神，还是物质；不仅有公益性，还有商品性；不仅是事业，还是产业。我总认为，当今社会利润平均化，已经没有什么产业能够牟取暴利，独独只有文化领域例外。所以，一张画可以拍出数千万，一部大片动辄上亿票房收入。潭城历史就有过经济与文化齐头并进的鼎盛时期。“建本”不仅包罗万象，而且价值连城，自南宋起就被历代藏书家、学者专家所重视，许多珍藏在海内外大图书馆和名家大师手中。举凡研究中国问题的人们无不借助于“建本”，以致今日众多出版社一再影印重版。当年搜集“建本”就是增值无限的事。早在清代建阳刻本便以页计酬。“沪读偶出一宋季之初麻沙坊刻，动估千金。”清道光年间藏书家杨以增用三百八十金购得宋时所刻麻沙版《史记》。抗战前夕，浙江图书馆收购宋麻沙版《名臣碑传琬谈集》，是以每页银圆 5 枚出价的。类似“建本”文化瑰宝此地俯拾即是。然而在市场经济条件下，地域行业封锁都失去了力量，全球经济一体化，资源是你的，也是我的。宋慈的出生成长地地地道道是建阳的，但是《大宋提刑官》电视剧，丝毫看不到些许建阳、南平的影子。作品产生再大的经济社会效益似乎都与建阳无关，熟知宋慈和建阳历史的人无不深感遗憾。好在潭城不乏有志之士。市委主要领导这样说：“我们以文化为魂，注重延续历史、彰显文化、体现个性，在城建中体现历史文化特色，在建筑创意上融入历史文化主题，坚持打造精品，串珠成链，力求成就‘人文厚度’。”于是他们做强、做优、做美、做细城市，特别是做足历史文章，广建文化设施：朱熹、宋慈、蔡元定雕像陆续站立起来；新的市立博物馆开门迎客；文化馆扩改建获得立项；以朱子文化为核心的生态休闲度假区映像考亭项目正式签约；朱熹安憩之地的“朱子林”建设也已开工……更可喜的是一批“弄潮儿”试水影视行业，几位从未涉足文学艺术的企业家，勇敢的投入2000万元，拍摄数十集抗日反顽谍战电视连续剧。这是第一部由当地作家编剧，反映闽北当地革命斗争史的荧屏作品。随后他们又着手筹拍第二部故事片。现在建阳已经有了两家影视公司。一个大潭文艺复兴的太阳已经跃然建阳山际之上。

# 闽越之风





一切都准备好了。没有红袖添香，不需研墨润笔，凭着对脚下土地数十年的触摸，凭着满腹历练已久的考古功力，研究员杨琮即将以笔为刀凿出一个石破天惊的结论。他自幼便有强烈的“西汉情结”。小时候面对大漠孤烟、长河落日，曾经多少次幻想像飞将军李广、像骠骑将军霍去病，驰骋沙场为国建功。时代没有给他马背英雄的机遇，却从另一方面成全了他的“西汉之梦”，只不过闪光剑戟换成了精致的考古铲。打从20世纪80年代来到这里起，他的目光很少在天而是深深投入荒凉的遗址中，那些残垣断壁、破砖碎瓦成了一生的最爱。现在，他要拉开这块土地之下两千年前的真实大幕，还原烽火诸侯那金戈铁马的峥嵘岁月。就像大侦探破案一般，他重新审视所掌握的事实证据和逻辑推理每个步骤，然后毅然决然地伏案疾书——“武夷山城村古城址是闽越国都中的王城”。

杨琮先生的表述不啻是振聋发聩的一声雷鸣。它准确地叩响了福建文明的第一扇门，帮助武夷山寻找到了极其重要的历史地理坐标，也廓清了遗址之上弥漫的团团迷雾。当年颇有学问的淮南王就曾上书汉武帝，说闽越国没有国都城市，“处溪谷之间，篁竹之中”。清代学者顾祖禹错把城村遗址当作五代十国闽王王审知所建。闽越国最早进入历史眼帘的是《史记·东越列传》。全传仅用1256字简要勾勒出闽越国演变的轮廓，谈及国都地望更是寥寥几笔：“汉五年，复立无诸为闽越王，王闽中故地，都东冶。”而后班固所著的《汉书》更为简略，仅有“都冶”两字。“冶”在何方？学术界意见分歧甚大。有“冶”在福州之说；有“冶”在浙江南部的猜测；有“冶”先在浙南、后在福州的分析；有“冶”在闽北浦城的判断，可谓扑朔迷离、众说纷纭。前人考古治史更多的是从“人说”，而非实地挖掘、科学考证的“地说”。截至目前，西汉王陵发掘材料较多，郡、县也有上百座，然而尚无一例王都。认识隐匿已久的城村遗址真实面目，经过了一个漫长的历程，凝聚了几代考古人的艰辛。现代史学在20世纪30年代就关注研究闽越历史，实地考古则发轫于1958年。大规模发掘钻探都是在20世纪80年代。大学刚毕业的杨琮作为骨干参与其中，一干就是二十多年。他掌握了丰富的第一手的实物材料，翻遍了相关历史文献，吸取借鉴同期考古成果，小心谨慎地推理论证、撰写成36万余字的《闽越国文化》著作。考古界的专家学者一致推认此书是闽越国历史文化研究代表之作。书中以无可辩驳的事实和逻辑证明，西汉闽越国的王都应在以武夷山汉城为中心的这一地区，而城村古城址是闽越国都的宫城。就这样，他拂去数千年历史的封尘，揭示出一个遗落王国古都巨大的秘密。

那是公元前202年的一个清丽早晨，也许是一个血色黄昏。闽越首领无诸将军，站在城村最高的山头，一手按剑，一手搭棚，极目巡视眼前的山山水水，情感起伏如同脚下丘陵阡陌。他应该高兴。此番中原归来，他欣然接受闽中百姓的祝贺欢呼。因为他是带着汉高祖刘邦册封的闽越王称号凯旋的。这是汉高祖布告天下的第一个少数民族的外姓诸侯国王。他当然自豪。反秦号角一响，他率闽中义军响应鄱阳令吴满的号召，随大军北上，攻入武关，直捣咸阳，颠覆了秦家王朝。随后又附汉击楚五年，顶上的王冠全靠鲜血和战功换来。他也不无惆怅。本来他就是闽越国王。可恨暴君嬴政统一海内时，天下分为三十六郡，闽越从国降为郡，他也成了一般官吏。楚霸王分封各路诸

侯，又没他的一席之地，“废而弗立”。今日分封细一思忖，不过是王复原职。他更老谋深算。寄人篱下终归不是长远，先祖“卧薪尝胆”的基因常常怂恿他“欲招会稽之地，以践勾践之迹”，“打回老家去”的念头时时折磨他夜不能寐。刘邦的《大风歌》他也唱，可歌里的含义只有自己明白目前什么都不能说，眼下当务之急，就是兴建闽越王国都。这座王城，既要彰显闽越王朝地位和荣耀，又要有利于王业的巩固和发展。定都哪里呢？浙江、江西当时尚不属无诸领地，总不能将王城设在他人之土吧？浦城形势险要只能作为国门要塞（果然后来闽越拒汉六城“浦城”有三）；福州过于纵深，交往中原，发展中原都不是理想之地。今天他仔细察看了武夷山下城村的方方面面，兴奋地一跺脚作出决定：“宫城在此！”

闽越国冶都果真在此吗？让我们沿着无诸的视线看看城村的山水形胜。“古人建都邑，立家室，未有不择地者，盖自三代时已然矣。”管子对建都选址曾作了具体描述：“凡立国都，非于大山之下，必于广川之上。高毋近旱，而水用足。下毋近水，而沟防省。因天材，就地利。”城村为都具备天材地利：它西倚武头，群峰连绵；南北西侧，岗阜绕护。开阔的崇阳溪将城村三面环绕，山水险阻，连接成国都的天然屏障，以河为壕堑，以山为墙屏。城内明显有河道痕迹，一头连着崇阳溪水，一头直抵王城宫殿，水门开合，进出便捷，可攻可守。考古挖掘发现，城内居住的大部分是王公贵族和将士官兵，文献资料表明，闽越国军民有数十万，众多臣民百姓家安何处？考古学家认为，春秋战国以来“中原大国都先后出现宫城大郭的布局”，秦之咸阳、郑之新郑、晋之新田、齐之临淄、越之邯郸，包括汉代长安城也是如此。内城外郭，“内为城，城外为之廓。”“城，盛也，盛国都也；郭，廓也，廓落在城外也。”城的功能是什么？“筑城以卫君”，郭的作用在哪里？“造郭以守民”。杨琮先生以翔实的考古材料证明，城村城址并不是一座孤立的王城，城外还有相当范围的郭区。北到武夷山市区，南到建阳市城区的崇阳溪两岸。这些地方都是闽越国的王畿重地。闽越百姓在沿河平坦山埠高地上栖居生活，完全符合闽越人“水行山处”的传统。城村遗址是个完整意义的内城外郭的王都。



杨琮和闽越王无诸有着两千多年的缘分，他们心灵相通，想法默契，可以称是隔世忘年之交。他惊奇发现城村王城建筑风格，和自己故乡长安城西汉宫室几近相同。真可谓制同京师、效法中原。城村丘陵山坡上都营建着巍峨错落的大型建筑群，而最高处就是汉城的中心部位——规模宏大、结构复杂的王城宫殿。它坐北朝南，以主体建筑殿堂为中轴的末端，东西厢房、东西天井左右对称，各单体建筑之间又用回廊连接相通。宫室屋宇采用了较为先进的抬梁和穿斗的木构架形式，屋顶四面出檐，饰之以多样图案文字的瓦当。远远望去，本来立于高坡之上的宫殿更为高耸，飞檐凌空。这种高台建筑的样式，与中原战国秦汉以来的殿堂风格别无二致，只不过闽越国都因山就势而未立于夯筑土台之上。其目的在于既要显示王宫宏伟壮丽，又把帝王居高临下、睥睨一切的威严表现得淋漓尽致。西汉初年，萧何受命营建长安城，他把殿堂衙署建得十分高大华丽，汉高祖刘邦一见十分气愤地指斥，萧何辩解说："天子以四海为家，非壮丽无以重威，且无令后世无有以加也。"事实亦如此，元朝诗人李好问初到长安汉宫前，一仰头"望之使人神态不觉森竦"。宫殿主人的感觉也不一般，汉高祖站在刚完工的长乐宫里感叹万分："吾乃今日知为皇帝之贵也。"无诸毕竟是闽越国王，都城必然要体现他的审美习惯和文化主张，城村王城布局风格用材师法中原同时，又"承中有变"带有浓郁的闽越色彩。"干栏式"建筑手法就是一个创造。地上规则地摆上础石，础石之上立桩柱，桩柱之上架横木铺地板。为此既保持地面平整，又能通风、防湿和隔潮。显然它表现了闽越人长期"悉依深山架立屋舍于栈阁上"的习惯。陶井圈技术的利用也充分说明闽越人的聪明才智，陶制的井圈上有四个互相对称的小圆孔，一方面便于井外的水源源不断流入井内，另一方面又有利于穿绳吊装。高胡坪宫殿上尚有一井，井圈还在，井水犹活。闽越汉王城集中原和南方建筑风格之大成，从而在西汉王城建设中独树一帜。仅凭古都城门就让日本佐原康夫先生感叹道："其宽大可以为中国汉以前古城中的典型。"

杨琮是艰辛的，也是幸运的。他拥有汉代长安城故乡，又怀抱闽越古都。如他所说："一个雄踞关中平原的田野中，博大精深。一个矗立在碧水丹山的草莽中，倔强不屈。"他爱西安苍凉的古城墙和巍巍雁塔，更眷恋沉睡了两千余年的闽越城池。闽越城郭邑里，数十万件出土文物，风格独特的殿堂宫宇，不可多得的文字、印章艺术，罕见的坚利兵器和生产工具，充满闽越色彩的陶器，无一不展示了一个遗落王朝的天堂，述说着福建文明发展的第一个高峰。20 世纪末，联合国教科文组织专家亨利和尤嘎先生考察遗址后惊叹：“这是中国的奈良！”可是日本的奈良古城不过几百年的历史，有人认为：“这是中国的庞贝。”毫无疑义，它是中国南方保存最为完整的汉代诸侯王城，也有人称它是环太平洋海岸线所有国家中唯一的西汉王城遗址。城村王城的意义是世界性的。有一处遗址意味深长，那就是皇家浴池。浴池有出入水管道和供暖设施，能够调节水量水温，还设有休息房间。这让人想起同时期文明的罗马。罗马人也喜欢洗浴。只不过罗马为后世留下了巨大圆形剧场、万神殿以及形形色色的浴池，而秦汉留下了长城、陵墓、兵马俑。后人看来，罗马的文化遗存更多的是公共性的服务产品，目的是为了享受生活，而秦汉遗存更多与军事、政治相关，没有多少生活功能。虽然我们的传说与文学作品中有秦始皇“骊山汤”温泉浴池，唐代也有“华清池”一说，但是寻找起来，不是浴池无存，就是不在宫内。而闽越古都中，浴池完好，余温可试。闽越王无诸不仅有政治进取之心，还有生活上高质量的情趣追求。由此看来，建都武夷山下的城村还有个最大动因，那就是碧水丹山的武夷秀丽风景，他完全可以把她作为闽越国的“皇家花园”。

# 千古风流

# 杨时之寿





“念昔从师，同志三人。今皆沦亡，眇余独存。”行文至此，杨时喟然一叹。几天前，他应游酢之子所求，为其父撰写了《御史游公墓志铭》，不过心中块垒仍难消停，痛定思痛又提笔《祭游定夫》。遥想三十年前一起立雪程门、求教问道的情景，仿佛还是昨天，而今人们称道的程门四大弟子，唯独只有自己走过不惑、天命、耳顺、古稀，直奔米寿而去。每每念之，怎不令他感慨系之。公元 1123 年的这个夜晚肯定比现在宁静，而生命难以承受生离死别之重却千年相同。

如朝露，若草木，生命之短暂在古人眼中确实如此一般。没有 CT、核磁共振可以依赖，没有这虫那草可供滋补的年代，杨时能够活到八十有二，真可用上“寿指庄椿”的祝语。厦大教授高令印先生比较杨时与他人名声高下时，特意提到其高寿的重要原因。年过八十致仕在家，宝文阁直学士胡安国还向宰相进言，把杨时请回来，因为老人“志气未衰，精力少年殆不能及”“宜礼此老，置之经筵”“朝夕咨访”“裁决危疑”，如此对国家“裨补必多”。两宋交替时期，正值国家多事之秋，山河破碎，内忧外患。作为理学名家、国之重臣、廉政楷模的杨时，有布不完的道，忙不完的事，操不完的心，唯独没有可享的清福和舒适，但他却能长寿如此，这不能不说是生命的奇迹。

因为环境良好宜寿吗？杨时出生于南剑州的将乐。其家附近的封山西南端有座山峰，状如伏龟。后人尊称杨时为龟山先生就从此来。

“剑水澄泓泓，龟山岃崱。先生毓秀，金声玉色。”龟山附近有一“星窟岭”，传说是陨星坠落所致。南宋礼部尚书冯梦得诗赞：“天地生儒自有真，先年五百坠文星。若非推步知端的，熟知龟山是降灵。”明朝《闽书》也有类似记载。虽然说法有后世穿凿附会之嫌，但杨时少年和致仕之后却都生活在闽北青山绿水间。大部分从政地方也都在江南。东南形胜，诗意山水，足以寄情养性，熨平生活带来的不适和皱纹。

因为勤于动脑益寿吗？杨时打小就喜欢思考，“格物致知”，穷根问底，诸如“为什么夏天那么热，而冬天又那么冷”之类问题。拜师“二程”南归之后，愈发学习不止，诲人不倦，著书不辍，留给后人的著作就有八十余万字。临终前一天还在写《与忠定公李纲论性善之旨》。曾有学生问及他的学问是如何得来的，杨时举起长茧的肘臂说，我三十年来手肘未曾离开书桌，学问才有所长进。正如现今强调老人要多思考健脑，哪怕推推麻将、打打扑克，也能防止老年痴呆。杨时经年上下求索，晚年依然神清气闲。去世前一个月，他亲自上山给自己选择墓地，一反当地习惯，将方向定为坐南朝北，为的是表达自己不忘大宋王朝收复中原失地之愿，不忘洛阳“二程”恩师的教诲之德，不忘家乡山水养育之恩。

因为粗茶淡饭添寿吗？杨时和他的五个儿子、八个孙子及重孙中，有十二个登进士，不在朝廷为官就在地方主政。但他们十分注意“俭以养德”，清正廉明。杨时立下家规：三餐饭蔬，不论脆甘酸苦，只要是可以吃的，就不可有所嗜好；衣服鞋帽，不论布料粗细，只要合身，就不许挑拣；所住宅屋，尽管简陋，只要还可以居住，就应安居乐业，不要羡慕他人雕梁画栋；先祖遗留，应守基业，不可增营地产，侵犯他人利益。退休还乡，居住的室房是祖上所留，三餐米蔬与当地农家没有两样。胡安国在其“墓志铭”中赞道：“子孙满堂，每食不饱，也不改其乐也。”将乐县令给朝廷的奏章中说：“子孙贫寒，无以为度。”逝世时“身后肖然，家徒壁立”。也因为如此，杨时不为个人私利所累，更不会因此患上现代人因营养过度而得“三高”疾病。一生淡泊轻松，活得很轻松。

寿与不寿，始终是人类千年难以破解的课题，人的生命毕竟是一个十分复杂的有机体。最近出版的《现代人看中医》一书说，人的身体不仅有明的系统，也有类似“黑洞”般的暗系统，除此之外，还有一套生命全息系统。诚如时下报刊电视连篇累牍、自相矛盾的养身节目，每个观点有一百条赞成的理由，就有一百条否定的说法，让人们云里雾里不知所云。上述分析杨时长寿的原因，可能是，但也未必穷尽准确。南平杨时研究会会长杨思浩先生给我找来了众多相关书籍和材料，我反反复复阅读杨时的生平行状和思想，字里行间读来读去，读出了杨时高寿的密码，那就是一个字——“仁”。

仁是儒家最为核心的概念和观点，在《论语》一书中曾出现了109次。孔子承礼启仁，确立了仁学的根本立场：“己所不欲勿施于人，己欲立而立人，己欲达而达人。”孟子发展了“仁”的通感和扩充面，提出了“仁者无不爱”的大爱思想。清华大学国学院院长陈来教授说：“龟山更注意‘求仁之学’。”阐述了仁之体、仁之质、仁之事、仁之方、仁之守和仁之用。而朱子则将道德论与宇宙论连接，“说朱子学总体上是仁学，比朱子学是理学的习惯说法，也许更能突显其儒学体系的整体面貌。”到了近现代，新儒学家们继往开来，吸收西方文化，对仁学进行新阐发，最突出的莫过于康有为。按冯友兰的说法就是“旧瓶装新酒”，给“仁”装入了现代西方的许多观念，诸如“平等”“博爱”，建立了以“仁”为基础的人道主义的思想体系。在我看来，仁的观念表现包罗万象，所谓“言仁万殊”就是这个意思。但通俗概括而言，其核心不外乎人们常说的“真善美”。台湾学者傅佩荣在他所编的《孔子辞典》对仁的解释是：“它指向人际适当关系的实现，也就是‘善’。它的意义包含向善的人之性，择善固执的人生正途，以及止于至善的人生理想。”而向善、行善必须真诚，所以一个仁字，彰显了真诚的人如何从潜能走向实现，再抵达完美的生命历程。

杨时就是这样一位仁者。胡安国总结杨时一生“公天姿夷旷，济以学问，完善有道，德器早成。积于中者纯粹而宏深，见于外者简易而平淡”。有人更将其品性与“和圣”柳下惠相比，说杨时一生笃定践行真善美。有几件事颇能说明他的道德操守。一是传承道统。都说朱子是“集理学之大成”，而理学发端俱在中原。从空间上分，地域相距千里万里；从时间上析，跨度有百年之久。“二程”理学与朱子过渡的枢纽就是杨时。“二程”也像孔子一样，基本上“述而不作”，加上朝廷屡屡打击理学。“二程”仅有的著作，要不散失，要不错误迭出。杨时主动挑起收集和整理“二程”遗著的重担，出版了《伊川易经》《明道先生文集》《二程经说》《河南程氏粹言》等书稿，同时，他对“性”“气”“天道”“理一分殊”“格物致知”“已发未发”等范畴做了很好的发挥。朱子的《四书章句集注》引用了32个学者731条语录，杨时占了73条。正如专家所言，杨时思想尽在朱熹著作之中，康熙称他为“程氏正宗”。明朝著名学者程敏政极而言之：“无龟山则无朱子。”程颐生前不无感叹：“学生多流于夷狄，唯有杨、谢二君长进。”二是为善天下。他任过地方官，也做过朝廷大臣，任上都把儒家“仁政”的主张践履到政治生涯中。他说：“夫民者，邦之本也。一失其心，则本摇也。”他的筑湖护湖故事为百姓广为传播。他主政萧山，率领百姓修筑了37000亩的“湘湖”，“以灌九乡”140000多亩的农田。为官余杭，当朝尚书蔡京为母亲建墓，营造风水，竟要开挖南湖引水到墓前筑塘，整个工程要耗费劳力银两不说，还要淹没农田一千余亩，影响灌溉一千多顷。杨时知道后佯称生病不上府办公，私下交代县丞修书一封，连同百姓联名告状，送上级转呈蔡京。蔡京无法只得作罢。两地百姓都为杨时修建祠庙、书院纪念他。杨时退休时，朝廷有感于其忠心和廉政，赐其对衣、金带、紫金鱼袋官绢和白银，以让他颐养天年。杨时一一谢绝。见皇帝态度坚决，便开口要求“乞恩惠于八闽，山无米地无租”。宋高宗深受感动，准奏“永为优免”。三是寻求大美。杨时七岁能诗，八岁能赋，一生作诗近千首，留给后世有247首，代表了他对美学的追求。其诗风可以从“高文大笔”和平淡纯真来概括。杨时以“诗三百篇”为榜样，“正乎礼义”“所思无邪”。他认为作品要表现理学的道德主张和高尚品格，而不是炫耀博学、玩弄辞赋的工具。认为“在心为志，发言为诗，情动于中，而形于言”，从而起到“高山仰止、景行行止”的社会功能。他写《过钱塘江迎潮》，诗中化用庄子《逍遥游》、枚乘《七发》和李白《蜀道难》等作品中的意象和语言，来描写钱塘大潮到来时的白浪滔天、涛声如雷，像鲲鹏击水，如万马奔腾的壮观景象和惊心动魄感受，然后又告诫人们“人生触处有万险，岂必此地多风涛”，得出“愿言夷险不须问，莫负对酒持霜螯”的人生哲理。他写《岩松》，道尽老松的气势气格“婆娑千尺”“虬姿”“孤根”“直干凌霜”，最后揭示“臃肿不须逢匠伯，散材终得尽天年”的道理。他的抗金主张、乐道精神、劝学教学、怀乡情结，纷纷入诗，都显示了宋诗雄健高大的风格。理学家们的诗歌在宋时形成了自己的诗派，所谓的“邵康节体”就是。但他们很多“言理不言情”，议论为诗。这显然违反文学艺术的规律。编选宋诗的钱钟书说过：“假如一位道学家的诗集里，‘讲义语录’的比例还不大，肯容许些‘闲言语’，他就算得道学家中间的大诗人。”他认定朱子算一个，我则说杨时也是理学家里的佼佼者。杨时诗歌的第二个特点就是平淡纯真，颇有陶渊明之风。他写延平的《藏春峡》：“山衔幽径碧如环，一壑风烟自往还。不似武陵流水出，残红那得到人间。”贴切、自然、诗意盎然。他是第一位用拟人化手法描写武夷玉女峰之人。他的七绝用功颇深，既有宋人精工简练之美，又有唐人含蓄蕴藉之妙。他写《春早》：“雨余残日照窗明，风弄行云点点轻。坐对庭阴人间寂，时闻蛛网挂虫声。”平静恬淡的心境，用小巧细碎的意象来表现，读来仿佛有王维“雨中山果落，灯下群虫鸣”的意境。杨时刻意追求洗尽铅华、温柔敦厚的平实风格，还事物于天生丽质，还人情感于本真，真正进入仁者大美的境界。

心有真善美，就能洞察自然和社会规律，拿得起、放得下，不以物喜，不以己悲，风雨不动安如山；心有真善美，就能威武不能屈，贫贱不能移，富贵不能淫，安贫乐道，心底无碍天地宽；心有真善美，就能充满天地浩然之气，怡情养性，与日月同行，和天地同岁，如此焉能不寿？

“神龟虽寿，犹有尽时。”然而人之生命有多种，道德之命、文化之命绝不与人之生理同步。从这个意义上说，杨时之寿并没有在八十二周岁戛然而止，他还与我们为伍，一起前行。

# 游酢之雪





雪落在北方的洛阳，落在1093年的冬天。年过四十已登进士第的游酢携着杨时，前来拜师于理学大家程颐。先生正端坐冥思，两人在旁虔诚侍立，不敢打扰也不敢走开，及至大师功课完毕，门外积雪已一尺多深，后来便有了“程门立雪”的千古佳话。

这是一场师道尊严的文明之雪。游酢、杨时用行动诠释了中国“天地君亲师”观念，图解了“一日为师，终身为父”。这是一场中国文化的分界之雪。那场雪肥沃滋润了南方，由此中国文化重心由北向南转移，“二程”期盼的“吾道南矣”成为现实，三传之后的朱熹集理学之大成，开创了“闽学”，把儒学发展为新儒学，从此领导中国文化主流，渗入国人精髓和血液，影响中国乃至东南亚的时代精神数百年。

这是一场荣耀闽北武夷山的闪光之雪。因为他们，闽北不仅在宋代成为全国文化中心，而且自豪地占领了中国文化史册的重要一席。中国文化排位认定最权威的形式是被列入孔庙奉祀。从汉到清，全国列入奉祀的仅一百多人，福建14人，其中闽北就占10人。这十位都是宋代以后入祀的，就其思想渊源而言大抵与游酢、杨时有关。朱熹《九曲棹歌》吟道：“林间有客无人识，欸乃声中万古心。”专家指出，朱子此诗是为天地立下万古之心的游酢而作。

这是一场众说纷纭的疑问之雪。不在雪下时，而在雪之后。立雪程门究竟在内还是在外？游酢有否同往有否欲唤老师？程颐大家是坐着还是真正瞌睡？由此衍生诸多问题，在我看来，纯洁之雪蒙上了说不清道不明的不白之处。

理学的发端建立者属于“二程”（老大程颢，老二程颐）。两人志向一致，性格却大相径庭。老大为人“温然和平”，甚至连宋神宗皇帝也被感动，要知道理学家和皇帝素来势不两立。当年朱熹讲学朝廷，最后落得逐出国门的结果。而大程却得到神宗口头承诺，“当为卿戒之”。有位学者投师大程门下，月余返回，逢友便说，“在春风中坐了一月”，“如坐春风”的成语据说源出于此。而弟弟程颐“严毅庄重”，他以布衣身份作了小皇帝的老师。授课要求很严：一是要太后“垂帘听课”；二是一改以前的做法，老师不是站着而是坐着授课，以

此培养皇帝尊师重道之心。他一生严谨，晚年有学生问他，你这样谨守礼训是不是太辛苦了？程颐回答，我按礼行事每天就像踏在平地上安全，何苦之有？如果不是这样，就是每天处在危险的地方，那才叫辛苦。游酢和杨时就是奔小程而去，遭受冷遇似乎在所难免。

然而事实并非如此，一场简单的师生见面有许多的误解，一个经典的传说有不少的谬误。

首先，立雪程门是在屋内而不在屋外，至少在屋檐下而不在冰天雪地之中。描写这一典故的资料很多，最权威的有两种。一是《宋史·杨时传》，一是《二程语录》。两处文字都如本文开头所作叙，全无门外立雪表述。《辞海》描写也是如此。门外积雪深达一尺，除了文学意境之外，主要是时间概念，类似日上三竿、两炷香时间，别无他意。现在人们不是望文生义，认为立雪程门当然站在雪中；要不就是为君者赞，站立雪中好学求教，多有感染力啊！以至于游酢祠堂的壁画，也是这样描绘。为此当然美丽“冻”人，但却牺牲了真实和游、杨为人的禀性。我想游酢和杨时九泉有知，当不晓得是喜还是愁？

其次，立雪程门是双不是单，而且杨时系游酢荐领。现在不少书籍把道统南归第一人授予杨时。程门立雪要不根本不提游酢，要不说游酢没有定力，竟想叫醒老师，对先生尊敬远不如杨时。这是天大的失误！游酢幼年天资聪颖，有神童之称，“读书一过目辄成诵”。他20岁左右便与程颐结识。小程感叹游之聪悟，说“其资可以适道”。当时大程任扶沟教育主管，游酢前往学道。一番接触后，大程竟聘请游君作为教师讲学。厦门大学高令印教授曾考证过，游酢比杨时早九年接受“二程”理学。游酢为官声名在外，“惠政在民”，精明干练，连游杨要拜的老师小程也称赞“政事亦绝人远甚。”史料表明，游酢闻道在先，深得“二程”赏识，理论建树和杨时在伯仲之间，而与“二程”感情则甚于或早于杨时。大程去世后，游酢哀痛不已，在府邸设置灵堂，哭于寝门，还亲自撰写《行状》深切悼念。正因为大程老师去世，8 年后他才带杨时去拜小程为师，演绎了千古传名的“程门立雪”。我没有把握说故事的导演和主角是游酢，但绝不能忽略怠慢游君，更不能亵渎游君对老师生死不渝的感情。

再者，立雪程门不是小程摆谱坐大而是另有原因。有则说法，小程为人狷介，连脾气好的苏东坡也不敢与其交往。“程门立雪”的开始就预兆了结局的寒冷，此言差矣！从宋史《杨时传》和《二程集》比较看，后者描述更为详细。游、杨站立一尺雪功夫后，先生发问，“二子犹在乎，日暮矣，姑就舍。”如果说程子无视两人存在一经睡去，如果置两人不屑一顾，那他就不会还嘘寒问暖：天色不早了，你们先住下吧。这与文理和逻辑怎样也说不通。从游、杨当时的身份和游酢和程子的关系看，先生不至冷漠如此。游酢与杨时同龄，当时都过不惑之年，两人都登进士第，尤其游酢还是接受“二程”的劝告参加考试中榜的。更重要的是两人同为理学中人，和小程同志同道，当为惺惺相惜，有何理由形同陌路横眉冷对？我想原因可能出在故事所说的“瞑坐”上。“颐偶瞑坐”“坐而瞑目”，两则史料都这样表述。为何睡而不卧、坐又闭眼呢？最近翻阅中国当代伦理学大师罗国杰先生的文章，才恍然大悟明白就里。原来理学家修身养性、悟道明理非常讲究静坐静思，甚至强调“半日读书，半日静坐”。常常静中悟道，伏案求索；时时克己反省闭门思过。也许正当游杨拜师之时，恰遇先生打坐冥想突破的紧要关头；抑或逢程子修行功德圆满关键之际。晚年的程颐学问已到极高明处，脾气也改了许多，但作为修道治学一贯严谨的程子，怎么会停止功课，寒暄应酬以应人情世故呢？吾爱吾生，吾更爱真理！我们为尊师重教好学上进的游酢杨时表示敬仰的同时，难道不应该为这位全身心探索真理孜孜以求完善自我的正人君子鼓掌吗？

那天陪同福建省社科联的领导拜访延平南山游酢纪念馆。这幢建筑因山就势，风格独特，最奇处在于“金”字形布局。背倚翠绿山脉为“人”字头两边，而馆中两口荷花池则是“金”字两点。门左侧为狮山，右旁为象鼻山，享有“砺狮山而钟秀气，带凤水而焕文光”之誉。纪念馆前身为“御史游公定夫祠”，肇建于元朝，系其九世孙游以仁的杰作。很明显建筑之意出于游酢《诲子》诗：“三十年前宿草庐，五年三第世间无。门前獬豸公裳在，只恐儿孙不读书。”游酢告诫后辈，书中自有黄金屋，国家需要栋梁才。虽然游酢直系并无多少发达，虽然游君为政清廉死后无法归乡，但他的学术思想惠及中国影响世界，他治学为官的风范和教育、文学及书法的造诣，当是万中推一的楷模。可以说他真正践行了理学家所倡导的“为天地立心，为生民立命，为往圣继绝学，为万世开太平”的主张。就是这样一位中国历史上德才兼备的学者，却屡屡被人遗忘，甚至被诟言，甚至被歪曲。那场美丽纯洁的历史之雪为什么总有杂沓的脚印和污泥浊水呢？

久久伫立在游酢纪念馆门前思索，三伏天里竟感到透心寒冷和凝重，四射的阳光仿佛飘落不尽的金属雪片。思来想去归结到我们思维方式的缺陷和不足：一是模糊性。东方思维最大的优点和缺陷都在于此。研判微观，没有定量分析和实证手段。于是门里可以说到门外，冥坐变为睡觉，真相实际总有它数量的规定性；数的累积当然会带来性质的改变。真理哪怕多走半步也会成为谬误。二是片面性。一点论的看人看事，势必求全求纯。唯美的结果必然非此即彼，冰天雪地当然更好体现精神，为人严厉当然冷漠。不知道孔子也有缺点，上帝也有性格。三是否定性。与前者缺陷相连，容不下传统和文化的杂质，不做扬弃般的辩证否定，倒脏水连同孩子一块泼出，加上热衷秉直的天性，没有任何崇拜和信仰。因为理学某些糟粕和理学家的历史局限乃至性格缺点，所以骂理学为“伪”，斥儒家为“丧家狗”。要知道采取虚无主义对待传统，一个国家精神将如无根的大树漂流于洪荒之中。可以肯定的是，不改变国人思维的这些硬伤，将难以实现中华民族的伟大复兴。

# 李侗之静

延平湖水打这里经过转了一个弯，留下一潭碧绿翡翠。湖水倒映着炉下瓦口村的蓝天白云，倒映着不高的山冈下那方茂林修竹条石青砖拱卫的神圣。坟冢的主人就是理学宗师的宗师李侗。延平君高卧在此已经八百多年了，周边早已不复当年的宁静。崛起的高楼建筑、呼啸的现代交通，充满诱惑的吆喝、魔方变幻的时代，都吵不醒先生的一枕清梦。清明有孩子们的拜谒，有人吟诵他的名言——“侗闻之，天下有三本焉：父生之、师教之、君治之，阙其一，则本不立”，但他却仍然无语相对。不！先生正在“默坐澄心、体认天理”。空谷中有他的足音，十分坚定却很轻很轻，湖上八面来风，温暖拂面但尽显肃穆。了解李侗先贤生平思想的人，此刻必然感受到康熙亲自手书封赠他的“静中气象”的万千含义，人们眼前定会浮现“光风霁月”的寂静景象。



先生并非生性好静，相反弱冠之前“狂”得可以。延平君原来喜杯善饮，动辄数十盏，醉了也不安分，一跃上马扬鞭就是数十里。及至认了延平四贤之一的罗从彦为师后，才从根本上改变了自己的人生。从此，他退居山田，杜绝世故应酬，埋头书堆故纸，身世两忘，皓首穷经四十多年。他筑庐山林之间，吟诵延平湖畔，与青灯为伴，同寂寞为伍。一生全都付与儒学钻研，个中怎不清苦？不过他却认为“食饮或不充，而怡然自适”。有他的诗为证：“採荆烹白石，接竹引清泉。车马长无到，逍遥乐葛天。”李侗先生还把静作为治学求道必要状态。静中才能观理，通过静坐静思去激发人的内在智慧和灭性的方法，创造一个安静的思维环境，充分调动主观能动性，以寻求最佳的思维效果。他曾告诉朱熹：“盖心下热闹，如何看得道理出，须是静方看得出。所谓静坐，只是打叠得心下无事，则道理始出，道理既出，心下愈明净矣。”他的老师罗从彦曾说：“静中观心尘不染，闲中稽古意尤深。固诚程敬应相会，奥理休以此外寻。”佛教的“坐禅”、精神治疗的气功境界，似乎都能佐证延平君直觉领悟的正确。更能证明是他对理学的继承和发扬的事实。李侗先生还把静当作人生修养的最高境界。人们很难理解延平君所作所为的价值取向。为“官”吗？他终生未仕，不求功名，虽然满腹经纶，“官”念却淡薄得很；为“利”吗？砍柴煮石，掬饮清泉当成人生莫大享受，不问荣华富贵；为“名”吗？他一生如同孔子大多述而不著，其语录还是身后由朱熹编纂成《延平答问》。按现代人观点，数十年谢绝世故、专心治学，难免不食人间烟火，性情孤傲。但他心理健康，“事亲孝谨”。其兄性格暴躁又多事，延平君待之感情甚好。亲戚贫穷不能婚嫁者，延平君鼎力相助。和乡亲邻里“言笑”相处，“终日油油然也”。李侗所追求的是“内圣”仁者之道，做一个大写的人，一个“与天地合其德、与日月合其明、与四时合其序”，即“天人合一”的人，一个“为天地立心、为生民立命、为往圣继绝学、为万世开太平”的人。目标如此高远，就必须“内圣外王”遵循了“喜怒哀乐未发”的修养功夫，那就是静——“以身体之、以心验之，从容默念于幽闲静一之中”。专一思考，排除一切物欲的牵萦和杂语的干扰，使身心处于一种平静无波、虚实不昧的状态，治学养心、臻于道德圆满和内圣的完成，然后就可“外王”经世致用、治国安邦。“内圣”最高境界是怎样呢？“彩笔画空空不染，利刀割水水无痕。人心但得如空水，与物自然无怨恩。”有人引用黄庭坚称赞周敦颐的话赞之“胸中洒落如光风霁月”，有人认为李侗有“道者气象”，而朱熹则称先生“充养得极好，‘刚毅木讷近仁’”。

如果认为主静理学家的人生必然暮气沉沉暗淡无光的话，那不是对静的理论误解，就是对圣贤大家的生活缺乏了解。实际上，中国传统文化是“生”的文化。朱熹说过“仁是天地之生气”，生就是万物生长，就是仁，就是善。天地万物都包含有活泼的生命和生意，这是最值得观赏的。只不过人与万物一体，同类平等，不能“屈物之性以适吾性，而要‘各适其天’，生生相偕”。延平君留下的诗歌不多，但篇篇清新活泼，句句生意盎然。他在《柘轩》中感谢春蚕衣被百姓，进而感谢草木、感谢春天。“三春采采为蚕供，衣被生灵独有功。野外漫多闲草木，可惭无计谢东风。”他可以听到花的声音，风的歌唱，他也明白人情世故、喜怒哀乐。他的内心世界充满生命的绿意。就其一生来说有两件事，在中国历史文化中激起不小的动静和反响。一是他拜师，一是他授徒。



李延平 24 岁时，“游分校，有声闻”，原来是罗从彦先生在授课，不听则罢，一听大惊失色。在此之前，延平君已熟读儒家经典，但他听完罗师之课，便被深深震撼。这不是在官方学堂以训诂考据为主的“六经”之学，也不是“博通古今为文章”的辞章之术，所授尽是进入圣人之道的方法。他的心中波澜起伏，回想过去不注重道德修养，世间道理不明是非不辨，心地不广喜怒无常；操行不圆悔恨甚多，精神不足投机取巧。现在二十有四，茫然还未有止境，想起来从早到晚都诚惶诚恐。怎么办呢？“儒者之道，可以善一身，可以理天下，可以配神明内参变化，一失其而无所师，可不为之大哀邪！”道可以治心，就像食物可以充饥，衣服能够御寒一样。因为饥寒交迫会让人生病，所以人们为了温饱可以不计手段。可是却不知道心若有病不治，会有死亡的危险。人们爱心怎能还不如爱口和身呢？简直不可思议！延平君坚定决心师从罗从彦学道。他的老师也注重静养，曾在罗浮山筑室静坐三年，终于“超然自得”掌握圣贤之学。而延平君用了几乎毕生的精力来践行自己的选择，与原来的旧我彻底决裂，此中声响翻天覆地。

无独有偶，朱熹拜李侗为师也是24岁。朱熹的父亲和延平君同是罗从彦的弟子门友。朱熹仰慕已久。虽然他们相见不过五六次，交往的全部时间也只有十年。但他们书信来往频繁，李侗就曾一次连修七封，所涉问题尽是朱熹也是后人深感疑难歧义之处。后来朱熹著述中多有李侗的观点，有的则直接引用先生的论述。李侗教育朱熹给大家留下深刻印象的有这么几件。一是正心。朱熹学问的基础虽博也杂，常常“出入于释老”，“驰心空妙之域者十余年”。他的中举文章便是用“禅”来论证儒家经典。延平君正颜厉色要求朱熹清除佛风禅雾，回到“伊洛”渊源，继续在儒学正宗的轨道上前进，后人称之为“逃禅归儒、返璞归约”，促使他的思想认识实现了一次关键的飞跃，为他日后成为理学宗师创造了良好的开端。二是示策。公元1163年，宋孝宗准备又一次召见朱熹。朱熹赴首都临安之前，和李侗在武夷山会面。当然如何应朝廷之召成了相见的主题。李侗教导朱熹：“首论《大学之道》，次言今日非战无以复仇，非宋以胜；三论古圣王制敌之道。”当时恰是宋金激烈对抗之时，金主南侵，山河破碎，宋王朝已退守江南一隅。朱熹在首都临安垂拱殿见到宋孝宗，连上三道奏札。他按照老师所教，以理学论证宋金的“不共戴天”和抗金用兵的正义性，痛斥议和之计误国害民，提出收复中原的方略。对于一个昏庸而偏安的王朝，朱熹奏对的结果可想而知。朝廷根本没有接受他的政治主张，为了体现安抚，封了个并无实权且待有空额补缺的武学博士，朱熹请辞不就心灰意冷回到武夷山。更大的打击是李侗老师的去世，朱熹专程赶到延平，撰写祭文，以歌当哭：“失声长号，泪落悬泉。”

用李侗之静透视时下，烛照世俗心理，我们的内心将大为不静。李侗之静是种诗情画意的恬淡。他不追求高官，不追求厚禄，不计较生活水平的高低，一心治学朝圣，完善自我道德。李侗之静是“冰壶秋月”般纯洁。和圣道相伴，与书本结缘，“江无山色无纤尘，皎皎空中孤月轮”，自然是“清水出芙蓉，天然去雕饰”的高尚品格和清明志气。李侗之静是坚韧不拔的执着。虽然没有硝烟和炮火，但能坚守长长的寂寞，承担起中华文化薪火传承的重负，其意志和气度绝不亚于统领三军将帅的风采，充满着喋血战场壮士的英雄气概。李侗的人生说到底是一条“内圣”修养之道，按现在的说法就是追求内心和谐。儒学的“外王”事功是以“内圣”为起点的，而社会和谐要以内心和谐作为前提和基础。胡锦涛说过：一个社会是否和谐，一个国家能否长治久安，很大程度上取决于全体社会成员的思想道德素质。

当下的人们普遍处于浮躁之中，一人操作就可以说虎成虎；一言不合便会拔刀相见；一注下去就是终生都用不完的财富进出；一念之下就可以把感情尊严包括一生贱卖……真想邀请诸多熙熙攘攘的饮食男女品品李侗之静，它绝对是医治种种“精神杂症”的灵丹妙药。

# 朱熹之像





人到“武夷书院”，最想一睹创办者朱熹的容颜。书院里有朱熹的座像、立像和他的自画像。给人印象最深的还是他“对镜写真题以自警”像。这是他61岁时在武夷山画的，真迹现在收藏在台湾故宫博物院，而书院悬挂的是根据他第十六代孙朱玉石刻所制。人们所见的朱熹之像一般都是严肃冷峻——“从容乎礼法之场，沉潜乎仁义之府”，似乎给人不食人间烟火的感觉，而他身上的种种光环，反添几分可敬不可亲的气氛。他的“克己复礼”“存天理，灭人欲”的言行，更是饱受世人误解诟病，造成难以亲近的巨大距离。曾几何时，朱熹甚至被斥为中国封建主义的“神父”、构造精神枷锁“道长”“假道学”“伪君子”。

朱熹一生中除了自己描画的三次像以外，其余皆是文雅之士和后裔所作。我曾看到一幅《朱子出行图》的油画，画里的朱熹竟然骑着马。刚好那年是朱熹诞辰880周年，海峡两岸各出一套纪念邮票。我向邮政部的设计师推荐了这个创意，想不到范曾老师十分首肯，设计出朱熹和马的邮票。画面线条简洁，人物生动。朱熹和学生牵着一匹高头白马，不知是讲学完，还是又去讲学路上，温文尔雅，通体智慧，一脸阳光。可以看出范曾老师对朱熹的充分理解和喜爱。

好在历史上尊崇朱熹并引以为志同道合者不在少数。朱熹去世后的第九年，朝廷解除了“庆元党禁”，还其以清白，宁宗皇帝赐谥曰

“文”。12年后，朱熹的《四书集注》被朝廷列为国学的必读课本，于是“家孔孟而户程朱”。康熙不仅为他御笔亲书“学达性天”，下诏升他为配祀孔庙“十哲之列”，而且还为《朱子大全》作序，称其“集大成而续千百年绝传之学，开愚蒙而立亿万世一定之规”。钱穆认为：“前古有孔子，近古有朱子，此二人，皆在中国学术思想史及中国文化史上，发出莫大声光，留下莫大影响。”1998年武夷山申报世界“双遗产”，朱子理学是其文化遗产的核心内容。时任主席团成员之一的日本驻法大使，再三询问朱子是否就是朱熹？得到肯定的答复后，他认为武夷山一定能够评上，因为朱熹在日本太出名了。

“武夷书院”坐落于武夷山中大隐屏峰下。乍听地名，似乎朱熹有意归隐山野，当时陆游也有担心：“天下苍生未苏息，忧公遂与世相忘。”确实朱熹不热衷于仕途，从24岁担任同安主簿，到年老守朝奉大夫致仕，仕宦九载，立朝仅46天。他一生中上书请辞多达64次。就任漳州知州时，他就以身患足疾不能赴赐宴自劾，请求罢官予祠。朱熹在五六个宫观奉祠过，有的还不止一次。此次修建“武夷书院”就是官挂台州崇道观。



“为天地立心，为生民请命，为往圣继绝学，为万世开太平。”这是理学家们核心价值观，而达到这个目的的最好办法就是著述和开办书院。朱子一生著作等身，后人为他编定的文集共分26门，有140卷之多。由他创建、修复、讲学及撰记、题词、题额的书院多达64所。1169年，他曾这样表示：“绝意仕途，以继‘二程’绝学为己任，奋发读书著述。”也就在这一年他起意修建“武夷书院”。13年后，终于把夙愿变为现实。

书院开办期间，理学学术活动空前活跃，朱熹的思想也逐步走向成熟。他伏案疾书，十多部著作陆续墨干。他发扬书院的传统，将自己和同仁著作刊发天下，和他讨论过、被他教育过的数百名学者弟子走出书院，载道前往四面八方，推动儒学新的复兴。朱熹在武夷山生活、著述、教学近50余年，讲学、创建多所书院，其中尤以“武夷书院”最为影响重大。在武夷书院，传播理学思想的著名学者多达43位，使武夷山成为“三朝（宋、元、明）理学驻足之薮”，有“道南理窟”之誉。在这里，朱熹还完成了其重要代表作《四书集注》，并以此为教材进行教育实践。张栻感叹“当今道在武夷”。武夷山志云：“此邑从此执全国学术之牛耳而笼罩百代。”武夷山向联合国教科文组织申报“世界遗产名录”时是这样评价书院的：“朱子理学形成的摇篮，世界研究朱子理学的基地。”

“武夷书院”在不同朝代有不同名称，南宋末年称紫阳书院，明代改为朱文公祠，后又改称武夷书院至今。最早称为“武夷精舍”。精舍其实不精，“视所缚屋三间，制度殊草草”，占地三亩，土木结构，百多天建成。但其精在所处的位置，人说武夷山水在九曲，九曲精华在五曲；精在朱熹匠心独运，亲身“躬画其处”，“中以为堂，旁以为斋，高以为亭，密以为室”，布局极尽山水微妙之极；精在朱熹自力更生，亲率弟子“具畚锹，集瓦木”，艰苦而又精细营建。朱熹告友人的一个“缚”字，道出书院的天然神韵，也表现出他经济上的窘迫。中国教育史上，由师生自建校舍，可能朱熹是首开先河。营建初始，朱熹友人赵汝愚官任福建安抚使，曾令武夷县令官资助修，但被朱熹婉言谢绝了，回信称这样“于义既不可，于事亦不便。”可是他离任南康军时，却把任上节余的三十万钱交给接任者，嘱其修建白鹿洞书院。

历代文化人给“武夷书院”留下了记、铭、序、疏、咏，寄题数不胜数，其中熊禾的两句话传诵甚广，并张挂在武夷书院大柱上：“宇宙间三十六名山，地未有如武夷之胜；孔孟后千五百余年，道未有如文公之尊。”朱熹选择武夷山核心营建书院，有其独到的讲学用意。他布道武夷，除了沿用在白鹿洞书院制定的教规外，特别强调优游林泉、寓教于乐。这与中国“行万里路，读万卷书”游学传统吻合。朱熹认为，大自然中蕴含着深刻的哲理。只要多多接触，细细体察，就能发现万物之理，揭示规律。这是他的“格物致知”认识论通俗解释。他与门生畅游九曲，边走边吟，创作了《九曲棹歌》，吸引了由宋至清数十位诗家为之唱和。高雅脱俗的意境、清丽活泼的词句、回环反复的旋律，随着九曲筏工的传唱，陶冶了学子的情操。

思辨结合、教学相长是武夷书院的另一特色。朱熹治学讲学注重思辨，不仅在于自身，而且在同道之间。如其所说：“过我精舍，讲道论心，穷日继夜。”思考、思索、思维；辩论、争论、讨论，真理在思考中发现，道统在争辩中明朗。当然，论战难免伤及情面，你来我往不乏唇枪舌剑。但是朱熹真诚相对，心胸宽广。陈亮与朱熹对论时，仅为一位布衣，而朱熹已是官居五品，但他们论持续十一年之久。“武夷书院”落成后，朱熹濡墨致函邀他前来，“承许见故，若得遂从容此山之间，款听奇伟惊人之论，亦平生快事也”。



在“武夷书院”，可以看到一个无意功名的朱熹、一个严于律己的朱熹、一个性情中人的朱熹。

# 朱子之歌



那年文化系统排演一台朱子文化节目，要我们帮助取个名称，我们想到“朱子之歌”。这次延平区文化馆举办朱子文化进校园活动，其中一项就是将朱子诗词及歌颂朱子的好词谱曲传唱，又是“朱子之歌”。在我的心底，朱子的形象真的美好如歌。

这是一首深邃之歌。“三代下的孔子”朱熹，回应了所处时代价值理念、外来文化和理论转型的挑战，与时俱进地建立起“致广大、尽精微、综罗百代”的新儒学。它使福建赢得“闽邦邹鲁”的盛誉，它让碧水丹山的武夷山闪耀世界文化遗产的荣光。他的学说成为中国南宋以降七百多年来历代统治者治国理政的“官方哲学”，老百姓安身立命的“民众圣经”，读书人修身济世的“人生信条”。他的学说博大精深，涉及哲学、经学、史学、教育学、文献学、文学艺术、自然科学的方方面面。他与孔子一道并峙为中国历史文化的两座高峰。“东周出孔丘，南宋有朱熹。中国古文化，泰山与武夷。”



这是一首婉约之歌。朱子不仅“尊德性，道问学”，而且极具生命气象和生活情趣。他以民为本，视民如伤；他与人为善，情理相待；他为友率真，志同道合；他为文活泼，灵山秀水。相比他的学问，其文学艺术造诣得到历代历史名人大家和百姓的认同和崇爱。他的诗歌才能连国学大师钱穆都十分佩服：“朱子倘不入道学儒林，亦当在文苑传中占一席之地，大贤能事，故是无所不用其极也。”朱子

咏梅，把它比作佳人，自况多情刘郎：“巡檐说尽心期事，肯醉佳人锦瑟旁”；他描海棠：“春草池塘绿，忽惊花屿红”；他状秀水：“问渠哪得清如许，为有源头活水来”；他写春日：“等闲识得东风面，万紫千红总是春”；童心大发时，“书册埋头无日了，不如抛却去寻春”；兴之所来时，也曾“酒笑红裙醉，诗惭杂佩酬”。至于他吟唱武夷山水的《九曲棹歌》，早已成为人们耳熟能详的导游词。他的书法艺术名列南宋四大家。他对武夷岩茶的研究精辟独到……

这是一首永恒之歌。文化的血脉无法割断，今天的中国是历史中国的发展。朱子文化早已根深蒂固地存在于民族文化传统之中，融汇在中国人的思想行动里，生长在民族心理结构之上。“家孔孟而户程朱”，日用而不知。朱子文化是社会主义核心价值观的重要源泉。读读它所倡导的“忠孝廉节悌，仁义礼智信”，你就会发现它与社会主义核心价值观一脉相承。弘扬朱子文化，对于复兴民族精神、激活实现中国梦的内生动力，对于增进两岸认同、促进祖国和平统一大业，对于传扬中华文明、推进世界文化交融具有重要的意义。可以这样说，中华民族的伟大复兴最后取决于中华民族文化的伟大复兴。中华文化成为普世价值之日，才是中华民族伟大复兴之时。

寓教于乐、化民成俗本来就是中华民族传统文化的应有之义。儒家经典“六经”其中包括了“乐”，“礼乐射御书数”是中国古代要求孩子们掌握的基本才能。孔子曰：“兴于诗，立于礼，成于乐。”在他看来，一个理想的人格，要靠读诗来启发上进的意志，要靠学礼来具备处事的条件，而最后要靠学习“乐”来实现教化的目标。他本人就擅长歌唱与琴、瑟、磬等多种乐器的演奏。在齐国闻“韶”乐，竟然发出“三月不知肉味”的赞叹。朱子也十分注重音乐，亲自撰写了《琴律说》《声律变》等音乐专论。他的建阳得意门生蔡元定把音变为十二个音阶，增添了六个音律。其所写的《律吕新书》成为中国音乐史上的名著。当然，先贤们重视音乐，不仅追求其美感，弘扬生命与文化的雍容文雅，目的更在“习与智长，化与心成”，希望人们在音乐中不知不觉地接受所倡导的伦理道德。“尽美矣，又尽善也”“优游和顺，使人默化而不知”，将“乐”所包含的真善美内化为道德意识和行为规范。所以，延平区“朱子之歌”进校园活动是个很好的道德实践，我们希望方方面面一起努力，让朱子之歌在中华大地上气势磅礴，九曲回转。

# 黄峭之诗

"众儿郎，上酒。老夫有诗要赋。"

"父亲，我们二十一位男儿祝你寿比南山。"

公元951年农历四月二十二日，邵武和平里昼锦乡堪头村黄家大厅人头

攒动，喜气冲天。门前一地鞭炮纸屑，厅内四处红烛高烧。酒过三巡，满堂皆欢。只有今晚喜宴主人——八十寿翁黄峭公端坐沉吟，一脸凝重如同门前大樟树。听说寿翁要即席赋诗，全场一片安静。

"老翁此诗是送子之诗，也是往后尔等认祖之诗。今朝把酒相送，明日各奔东西。儿郎们，听好了：信马登程往异方，任寻胜地振纲常。"

"父亲，你是酒喝高了，还是怪我们孝心未到？万万不可出此重语！"

峭公没有丝毫醉意，看得出他借吟诗宣布遣子决定是深思熟虑的。望着跳动的烛火，他觉得上扬的眉梢隐隐有风，卷起往事如烟。黄姓氏族是黄帝的直属后裔，最早的祖先生活在内蒙古东部，以后有一支落脚在黄河流域中原地区，建立起了黄国。公元前648年黄国为楚所灭。但黄氏子弟四方求索，力图中兴。峭山公始祖源于河南光州固始。到了五代十国，中原诸侯割据混战，如欧阳修所说："易五姓十三君，而亡国被杀者八。"政权更迭之快后人很难想象，维持最长

的后梁也不过17年。北方兵荒马乱，南方成了人们向往。江浙自是地上“天堂”，闽粤进入“偏安盛世”，四川被称为“天府之国”。黄氏家族又一次分流发展，纷纷迁入中国的东南。黄峭的上高祖公随唐将李适南下，经湖北江夏小住，再沿长江入闽。先居浦城，后落脚邵武和平里坎头村。经过几世打拼，家和业兴、子孙满堂。他不会忘记出生之日，父亲在门口手植一棵樟树，回屋抱起刚刚出生的他，将一泡童贞之尿洒在树旁，希望家族和此树一起深根发达。如今一握小树已经参天。枝繁叶茂之时，黄峭竟自凋其零。闻诗姻亲乡党无不惊骇一片，而黄峭依然抑扬顿挫吟出下句：“足离此境非吾境，身在他乡即故乡。”

邵武不是黄峭的故乡吗？他生于斯，长于斯，最后还要归于斯。有文人形容和平是古典的桃花源式的中国乡村。如今路口站立的招牌告诉我们，它是中国历史文化名镇、中国进士之乡。黄峭祖先一踏上邵武和平土地，就再也迈不开脚步。此处是通往江西、泰宁、建宁和汀州的咽喉要道，当年福建出省的三条隘道，其中之一就在和平境内，清代还设为分县。境内地势平坦，山清水秀、稻香鱼肥、风和雨细，是农耕经济条件下再好不过的家园。只要念念古代留下的地名便可知其繁华程度。和平故称“昼锦”，白天黑夜，花团锦簇。这一方水土不用说养人，可以说种什么成什么，就是插根扁担也能开花。峭公深爱足下的这块块土地。弱冠之时，他便聚合乡邻，兴办义师保护地方。陇西郡王见其智勇双全推举他为千户长。后来又因平叛、助王有功一再晋升，最后官至工部侍郎。大唐之后，35岁的黄峭选择了解甲归隐。半是因为道不同不相为谋，半是家乡青山绿水牵挂。几十年过去了，日暮桑榆还要骨肉分离？有道是积谷防饥，养儿防老，是不是父子之间情感出现了裂痕？父母在怎会要远游？

“早暮莫忘亲嘱咐，春秋须荐祖蒸尝。”

大丈夫如何不怜子？峭公壮年之时抛却了功名利禄，“穷则独善其身。”既然不能平治天下，那就修身齐家。从此，唯一的事业就是教育子孙，全部的希望都在儿孙身上。他慈祥又严格有加。从他身后留下的《黄氏家训》看，对后辈养成的方方面面都定下规矩。他爱抚又鼓励自强。子女乳哺之后，就不让他们在母亲怀中索食撒娇。他像一张巨大保护伞，机警地庇护着家庭子孙。平安度过半个世纪乱世，他的神经还是绷得紧紧。一种深深忧虑时不时掠过他的头脑。先贤尧君有言：“多寿则多忧，多男则多惧。”聚不如散。你看“燕雀倚堂而殆，鷦鹩巢林而安”，燕雀贪图高堂安逸，结果跌落而亡，鷦鹩众鸟以树林为家反而安然无恙。今日南雄两广、江浙一带，沃土荒凉，只要勤耕农桑，都能成为像和平里一样的厚土乐园。天高鸟飞，海阔鱼跃。孩儿啊，不是为父养不起你们，峭山公的心里指望儿郎们自强自立。他也许不知道后人所说的众多鸡蛋不能放在同一筐的理论，但他的非常之举却出自深情爱意。要知道离别之苦之痛最不能忍受的还是老人。所以，峭公在宣布遣子决定时稍稍做了变更，让三房各留下一位长子，侍奉娘亲。反复交代孩子们不要忘记亲人的叮咛，清明寒食，春秋祭祀，不要忘了给祖宗上香供果。

“漫云富贵由天定，三七男儿当自强。”

峭山公用最高的音调，也用最大气力，吟诵全诗的最后两句。无论儿孙还是在场姻亲乡党心里为之一凛。峭山公自幼沉宏而有智略。“四书五经”烂熟于胸，文章诗画皆藏于腹。16 岁考上秀才，19 岁成为进士，每个毛孔都能渗出孔孟之道的圣水来。返乡后，他还一手创办和平书院，传道授业，释疑解惑，开创了闽北办学之先河。后来闽北黄氏走出的治国干臣和学问大家，无不承受过和平书院的雨露滋润。不要说作为饱读圣贤之书的举子秀才，就是一般人氏也不会如此极端和激烈。峭公也曾经在朱温杀死唐朝最后一个皇帝而自立时，绝食数天准备殉唐，经同僚朋友苦苦相劝“量力而进何如量德而退”才作罢，于是杜门养高。可是今日黄峭已非昨日黄峭。读书无数、阅事无数，更主要他对传统文化进得去出得来，把书读透读薄，不做迂腐的一介书生，绝不听天由命，囿于过时规矩。他不重金钱，不重一时半刻团圆相聚。心中自有天下，他的目光总在远方。他要家人给每位孩子一本家谱，一分“瓜子金”积蓄，一匹白马，要十八子信马由缰，马停而居，随地作名，开创家业，建立功名。子孙之间他日相逢彼此以礼施投，频来而不拒，久间而不疏，家族的谱牒和这首诗就是相认的凭据，凡是黄氏子孙都要记住这首诗。

信马登程往异方，任寻胜地振纲常。

足离此境非吾境，身在他乡即故乡。

早暮莫忘亲嘱咐，春秋须荐祖蒸尝。

漫云富贵由天定，三七男儿当自强。

我不知道究竟是诗如黄峭，还是黄峭如诗。其声铿锵，穿云裂帛，从一千多年前震荡到今天；其势雄浑，马踏飞燕，纵横江河山岳；其境高远，超越时空，傲对日月星辰；其情可掬，大爱至绝，忍将别离作欢笑。诗的回响是巨大的。从峭山公分家送十八子出征起，他的后裔开始从邵武走向赣、粤、桂，再走向港、澳、台，开发南洋，旅居欧美，遍布世界几十个国家，人口数千万，成为海内外黄峭公重要一脉。家谱越写越厚，诗歌也越唱越响。

# 君子之传





几乎同一业余时段，我交叉阅读林语堂的《苏东坡传》和余秋雨的《君子之道》。也许是它们文理相融、文采相映，读来读去，两本书在头脑里竟然印象叠加合二而一，分不清是东坡印证了君子精神，还是君子之道启示了苏轼？有时手中所捧的不知是余秋雨，抑或林语堂？

读林语堂写的传记，主要是为了政协编撰的丛书。南平市四届政协提出打造“文化政协”。其中有一项重大工程，就是撰写和出版一套闽北历史名人传记。经过政协文史系统和社会贤达推荐，十位历史人物成为传记对象。他们中有：“程门立雪”之一游酢，“静中气象”李侗，“理学素王”朱熹，抗金名将李纲，法医鼻祖宋慈，贤臣大儒真德秀，治史大家袁枢，遣子创业黄峭，刚正不阿廖刚，婉约词宗柳永……这些巨匠般的历史明星，都为民族和社会做出了自己的贡献。当然他们建树程度不一，才华各有侧重，就是性格情趣亦有不同。但有一点却是共同的，那就是理想人格、高风亮节。他们拥有一个共同的名字——君子。

久未出书的余秋雨先生最近推出《君子之道》新作。他系统地阐述了有关君子的学说，认为君子是中国文化的集体人格模式，是优秀中国人最独特的文化标识，也是中国人灵魂的故乡。“做个君子，也就是做个最合格、最理想的中国人”，“中国文化没有沦丧的最终原

因，就是君子未死，人格未溃”，他甚至极端的断定，“对中国文化而言，有了君子，什么都有了；没有君子什么都徒劳。”那么君子的理想源头何处？余秋雨先生指出：“君子作为一种集体人格的雏形古已有之，却又经过儒家的选择、阐释、提升，结果就成了一种人格理想。”儒家学说的最简捷的概括，即可称之为“君子之道”。闽北是儒学发展重要转折之地，游酢、杨时背负“二程”“吾道南矣”的重任，将理学道统传给“奥体清节”的罗丛彦，后者又传给“冰壶秋月”的李侗，最后接力棒到了“三代下的孔子”朱熹。朱子继往开来，集理学之大成，将旧儒学发展为新儒学，而他的私淑弟子真德秀，则促进了朱子理学成为官方正统思想。所选的闽北历史人物都是信服并践行君子价值观的，我们在为闽北古之君子扬名立传。

替古人垂泪扼腕，为圣贤击节点赞的确是一件吃力的事情。林语堂的《苏东坡传》为我们做了很好的示范。苏东坡，“他是一个不可救药的乐天派，一个巨儒政治家，一个皇帝的秘书，一个厚道的法官，一个月夜徘徊者，一个大文豪，一个创意画家，一个酒仙，一个小丑，但这还不足以道出他的全部……”要写好如此复杂和丰富的人物，而且要用英文写给美国人看，难度可想而知。但是脚踏南北半球，手写东西文章的林语堂先生做到了。他以苏东坡生命历程为纵向坐标，以重大事件为横向坐标，围绕苏东坡美好无邪的心灵而展开，主题突出、详略得当、文采斐然，写出了一个具有鲜明个性、灵魂高尚、魅力四射的苏东坡。编撰闽北历史人物系列传记，仍然沿用政协“血脉”丛书的原则，即权威性、可读性和地域性。虽然修养和笔力无法与林语堂大家同日而语，但是我们的追求却是尽心尽力。

立君子之传难，做君子就更为不易。其中一个原因就是小人总是与君子相伴，君子也是与小人比较而彰显。余秋雨为了说明君子之道，首先系统考察研究了小人，用一系列的否定来完成肯定。从某种意义上来说，文化就是一种选择，就是前人给后人的遗嘱。中国文化给后世的交代是选择做君子，不做小人。虽然做真君子很难，但君子之道不孤，闽北历史上的先贤就是例证。他们让我们发觉自己与君子的差距，然后“见贤思齐”“景行行止”“天行健，君子以自强不息；地势坤，君子以厚德载物。”我相信，只要开卷闽北历史文化人物的传记，轻唤一声君子，抬头便是满天星斗、无限春风。

# 九曲流觞

# 路之金





三千八百坎，坎坎有黄金。

一句激励攀登的话，一种给凡夫俗子的诱惑吧。早先，我对这句关于延平区茫荡古道的传谣如十判断。试想想，当身体的极限到了双腿拂不动一丝云雾，当豆大的汗珠跌落石板竟然有声，当气喘如牛将非讲的话语变成了不合规则的断句不可，于是，黄澄澄、金灿灿、喜气福气蒸腾的黄金，让你心中顿时生出想法，脚步陡然坚定起来，可能还带些风。既然"坎坎有黄金"，那就再多来几坎吧！所以，我曾动过念头，把这句歌谣改为"三千八百坎，坎坎见精神"。

然而，真的有人相信有黄金。那个星期天，茫荡镇党委宣传委员饶建华同志一路"宣传"：早先人们认可这句传谣，把条古道挖得七零八落。茫荡山上农民王堂选见状难过，起意要修好三千八百坎。王堂选在村中也算殷实人家，他变卖了家产凑起五百大洋，开始了浩大的修路工程。谁知没多久，资金告罄，急难之中王堂选想起不久前做过的梦。梦中他供奉的猎神说，这辈子他要当乞丐。他不信地报之一笑，梦便醒了。他想，现在剩下的路子也仅此一条。次日，古道口挑起一张黄幡，幡下坐着憔悴的王堂选。身前置一个竹筒，身后张贴一张布告，内容便是乞讨修道。寒来暑往十年，茫荡古道在王堂选一次次伸出的枯瘦的手中延伸；凄风苦雨十年，茫荡古道在王堂选越来越驼下去的身影里长高。1923 年，时任省长的萨镇冰来到延平，乡绅贤达集体请求表彰王堂选。萨氏提笔写下“义声载道”予以褒奖，后来的所谓总统曹锟也亲题牌匾赞许有加。

茫荡古道在当时也算是“国道”了，南来北往必经此道。而修建的艰难和意义，庶几可比今日之“高速公路”。实际上，古道从山脚至山顶共有五千多级。线路选择合理，台阶匀称便行，阶石平整可鉴，材料质地精良，就以现代人挑剔的眼光看，也不得不承认它可堂而皇之地列入优质工程。加上一路山转云绕、崖泉相伴、花树簇拥、蝉鸣鸟唱，古道近乎成为美轮美奂的天街天路。它像一架古琴十分妥帖地横斜山崖曲水之间，众多行人脚步拨弄台阶的琴弦，天籁之音袅袅升腾于心中轰然于山外；又像一条缀满粼光吉片的长龙携雷带电腾挪跳跃，攀登者迤逦而行驭龙乘风放歌，志比山高，情与天齐。“三千八百坎，坎坎有黄金”之语，也许是要向人们昭示古道修建的艰辛和价值吧？这是一条黄金通道，三千八百坎，坎坎黄金价。



在世人眼里，黄金无所不能，以至于到了宗教崇拜的地步。莎士比亚有段精彩的论述：“金子啊，你是多么神奇，你可以使老的变成少的，丑的变成美的，黑的变成白的，错的变成对的……”按中国话说，就是“有钱能使鬼推磨”。所以“人为财死，鸟为食亡”，“天下熙熙皆为利来，天下攘攘皆为利往”。按照马克思的分析，黄金的本质就是社会生产关系。人类社会只是在有了私有制后，商品交换需要等价物，作为货币的天然代表才选择了黄金。因为它数量少、价值高、质地坚硬而又易于分割和贮藏，因而充当了财富的象征而被人们所追逐。一旦消灭了生产资料私人占有的生产关系，那么黄金就返回它作为物品的本性，和破石烂土没有什么两样。崇拜黄金实际上等于崇拜物品。列宁为了改变人们“金钱拜物教”的观念，曾做过这样的设想，当大革命胜利之后，当社会主义制度真正建立起来，要在大城市用黄金修造厕所，供人们方便。一个多有创意和气魄的策划，让黄金从天上掉到最龌龊的地方，与毛泽东的“粪土当年万户侯”有异曲同工之妙。王堂选没有如此高超的理论和深远的目光，他的可贵恰恰是处在“人不为己，天诛地灭”的年代，面对横流的物欲，竖起了一面迎风招展的真善美旗帜。他用最善良的心，从事最卑微的事情，却指向最远大的目标。也是莎翁的话：“最善良的心地，就是黄金”。我还想引用一段莎翁的话：“道德和才艺是远胜于富贵的资产，堕落的子孙可以把显贵的门第破坏，把巨富的资产荡毁，可是道德和才艺，却可以使一个凡人成为不凡的神明。”

王堂选，你让我们在三千八百坎真正触摸到了黄金！

# 山之谜

那座拥有哥特式风格、竖着鲜红十字架的教堂，在茫茫苍苍绿意深深的武夷山中，格外引人注目，何况出现在19世纪的初叶。那天，教堂里走出了高鼻深目的英国生物学家罗布特·福琼。从脚步都可以看出来那难以抑制的兴奋，他刚刚写完札记。“在武夷山，几乎每一米不同的海拔的地方，都能找到不同的植物。那里的爬行动物和昆虫对我来说，几乎都是陌生的，它们种类之多，让我觉得无论走到哪里都有无数的眼睛在盯着我。”当然，只身来到异国偏僻的山乡也有寂寞与害怕，但他有自己的办法，他用西洋同中国画相结合的手法，精心描绘九曲溪的绮丽风光，让自己身心沉醉其中。后来这幅画破例登在一向严肃的英国《自然》杂志上。图旁还加了注解：“九曲溪，蜿蜒于奇峰异石之间，正是这种中国式的风景深深迷恋了罗布特·福琼，丝毫不顾其中隐藏着许多危险。”他也有烦恼和遗憾，新植物标本多得让他无法取舍，最后只带了100多种西方人没有见过的植物归国。福琼不是唯一来到武夷山采集标本的外国科学家，法国神父罗文来过，美国生物系教师F·P·Metcalf来过，奥地利人H·HananMnzz来过，发现中国大熊猫的法国传教士大卫（潭微道）来过，英国人J·D·La Touhe来过，德国昆虫学家拉帕利希来过，最早到来的外国人可能是1694年的英国人杰克明·萨姆。他们采集带走了无数动植物标本，分别存在伦敦、纽约、巴黎、柏林等世界著名博物馆，从

而打开了武夷山基因宝库的大门。从那以后，武夷山拥有世界大量稀有物种消息引起西方科学界极大关注和盎然兴趣。他们研究比照后纷纷撰文，称武夷山是“研究亚洲两栖和爬行动物的‘钥匙’”“绿色翡翠”“蛇的王国”“鸟的天堂”“昆虫世界”“世界生物模式标本产地”“具有全球生物多样性 A 级保护意义的关键地区”。在世界范围内，只要是研究生物的学者没有人会不知道武夷山，会不知道武夷山的桂墩、桐木、大竹岚。1979 年武夷山被划为国家级自然保护区，1987 年成为联合国教科文组织“人与生物圈”保护区，1999 年成为“世界自然与文化遗产”地。

——金斑喙凤蝶。作为蝴蝶类唯一代表，两度入选邮电部发行的中国动植物的邮票。1961 年第一次发行时，设计人员走遍全国都无法找到标本，最后只好求助于英国皇家自然博物馆，从那里才知道这一标本的产地在中国武夷山。1984年，中国东方标本采集队在武夷山捕到金斑喙凤蝶，这是世界凤蝶科中最珍稀的蝴蝶品种。让人最不可思议的是，一旦她感到外界威胁时，便会立刻自碎其身，形销魂散。全世界现存的标本不足20只，其中10只是在武夷山发现的。她被列为国家级一级保护昆虫，其价值据说一只在10万美金之上。世界昆虫种类分为34目，武夷山拥有31目341科4635种。

——鹅掌楸。生活在第三纪古老树种。它与北美大陆的树种相同，由此成为人们推断北美大陆与欧洲大陆原本相连重要的依据。武夷山境内的黄岗山是整个山脉的主峰，海拔2156米。从山脚到山顶依次排列着常叶阔叶林、针阔叶过渡林、常绿落叶阔叶混合林、毛竹林、针叶林、中山矮林、中山草甸等11个植被类型，植被垂直带谱格外明显。植物区系成分多样，古老、孑孓遗物种多，稀珍特有种多，高等植物种类有267科1028属2466种，低等植物840种。其中列入《中国植物红皮书》具有较高科研价值、经济价值的珍稀濒危、渐危植物及属中国国家重点保护野生植物104种。银杏、南方红豆杉、水杉、铁杉、群、闽楠、中华结缕草以及一批武夷山特有种，就在路边也能随处可见。



——崇安髭蟾。武夷山人称之为“角怪”。它的嘴边长着两个特别坚硬的角刺。虽然属于蛙类，但它的蝌蚪要经过两个冬天才能变成小“角怪”。这以武夷山原来县名命名的蛙类新种，曾作为武夷山活动吉祥物，深得大家喜爱。武夷山野生动物资源十分丰富。其中属国家重点保护的珍稀濒危的就有云豹、黑麂、黄腹角雉、猕猴、穿山甲、黑熊、白鹇、大鲵等57种，属中日、中澳候鸟保护协定规定的有83种。我曾经接待过英国生物专家，陪同他们前来的福州大学副校长饶平凡先生告诉我，英国的蛙类仅有一种，而武夷山竟有30多种之多，其中有种放臭气青蛙的基因是研制减肥药的理想对象。武夷山自然保护区有565平方公里，有三分之二属原生性状态，相当多的地方人迹罕见，用根鞋带都可以把鱼钓上来。保护区腹地有个毛竹海洋叫大竹岚，约有50万条的蛇生长其间，平均每平方米就有117条，其中20多种是毒蛇。

300万年前，我们的地球经历了第四纪冰川的浩劫，古生物的动植物大部分灭绝了。翻开地图看看北回归线上与武夷山同纬度的地区，除了印度、中印半岛北部和我国的华南部分地区外，扑入眼帘三分之二是沙漠和半沙漠：撒哈拉沙漠、阿拉伯沙漠和伊朗、巴基斯坦、墨西哥沙漠。但是科学家对武夷山进行考察后却没有发现第四纪冰川的任何痕迹。武夷山保存了地球同纬度地带最完整、最典型、面积最大的中亚热带原生性森林生态系统。不知是造物主的偏爱，还是武夷山自身的幸运，可以肯定一点的就是应当感谢绵延500公里的武夷山脉。保护区处在山脉拗陷带，拥有地势高、起伏大、多垭口的地貌特征，沟台相间、垂直高差，断裂明显、构造特殊。武夷山脉像一位力大无比的保护神，筑起坚强的屏障，挡住了西北寒流的侵袭，又截留了来自海洋的东南暖湿气流，在高山、深谷、盆地上形成各式各样的小气候环境。几乎变成了同纬度降雨量最足、相对湿度最大、雾日最多、生物生存最佳的地方。因而武夷山拥有96.3％的森林覆盖率，拥有弥足珍贵的29万顷的森林植被，理所当然成为地理演变过程中生物“天然避难所”和“天然博物馆”。有个简单的概念，武夷山的物种种数是欧洲的6～7倍，自1823年以来，国内外生物学家在武夷山采集到的动植物特种模式标本近1000种。这在世界上是极为罕见的。武夷山大千世界里，万类相互依存、相互制约、相互冲突、相互平衡。每个生物都作为生物链上的一环有序地连接在一起。万类自由，竞相向上，谱就了一首大自然和谐共荣的永恒生命和弦！

1999年3月，联合国专家莫洛伊博士就武夷山能否加入《世界遗产名录》前来考察，他对一切都满意，唯一放心不下的是武夷山的物种是否是世界同纬度之最、具不具备唯一性？专家回到北京，建设部安排北京大学陈昌笃教授与之见面，两位生物学家坐在了一起。陈教授向其展示了在国际上发表的有关武夷山物种情况的著作，表明了自己的观点和论据。莫洛伊教授听后十分折服，认定“武夷山是全球生物多样性保护的关键地区”。回国后，他向世界自然及资源保护联盟（IOCN）递交了意见十分肯定的报告。也是这位陈昌笃教授根据武夷山保护自然、呵护山水的历史，撰文指出武夷山的环境保护比美国早了数百年。

武夷山人尊崇自然、呵护山水来自传统。汉武帝刘彻于公元前128年，遣特使到武夷山封祭武夷君，同时将武夷山划归今日浙江省的会稽郡管辖。这在《史记·封禅书》明文记载。陆游有诗曰：“少读封禅书，始知武夷山。”古代帝王必须到高山上用“封”礼来祭天，再到高山下面的小山上用“禅”礼来祭地。一般来说，“封”只有泰山一处，而“禅”地可以变动，但都是名山胜地，都有一方神祇。如此名山便理所当然受到朝廷的关注。距今1300年前的盛唐晚期，笃信道教的唐玄宗，大封天下名山，武夷山被列为道教三十六洞天之一，名曰升真元化洞天。朝廷明令：所有受到封表的名山，一定要保护好山林，严禁砍伐。五代十国之一的南唐皇帝命令属下护卫其弟李良佐“驾幸闽北武夷修养”，辞荣进入“会仙观”出家，诏告武夷山“方圆一百二十里与本观护荫，并禁樵采、张捕。”武夷人把这一律令镌刻在景区的岩石上，也深深地烙印在脑海里。公元999年，即北宋咸平二年，宋真宗御书“冲佑观”匾额，换了“会仙观”的名字，并派员到武夷山管理山水，来者皆为四品、五品官员，官职为主管提举，前后共派145人，其中有陆游、辛弃疾、刘子翚、朱熹等名人大家。北宋淳化五年（1994），崇安县正式建县，武夷山水从此有了地方政权管理保护。还值得一提的是，宋朝以后，历代皇帝数十次遣使到武夷山是升真洞投送金龙玉筒，祈求武夷神灵护国佑民。在朝廷眼中，武夷山是神圣之山。她有没有赐福统治者不得而知，但武夷生态因此有幸而受到保护，避免人为的风雨破坏倒是真实的。社会主义革命和建设时期，武夷山还得到中国共产党两代主要领导人的直接关怀。1930 年的幕冬初春，毛泽东同志率红四军西越武夷山，兴致高昂的吟下“今日向何方，直指武夷山下。山下山下，风展红旗如画”壮美诗词，驱散了山中阴霾，指点了如画武夷。1978 年 11 月，正是中国实现伟大历史转折的党的十一届三中全会召开前夕，邓小平同志看到了反映当年闽北森林遭受砍伐的《光明日报》内参，立即提笔作了“请福建省委采取有力措施”的重要批示，并在“保护”二字下面划上重重的两条杠，直接促成了国务院将武夷山列入全国首批重点自然保护区。他用如椽巨笔凿出了庇荫人类的幸福源泉。武夷山从此拥有了永恒的春天。

人在山中，不仅要和自然发生关系，人与人之间又怎样呢？哲学和宗教都是人间的终极关怀，人们知道，儒家入世，重视人生；道家忘世，淡化人生；佛家出世，否定人生。统治者往往出于需要，对它们或抑或捧，致使世间宗教对立，有时到了水火不容的境地。不过，武夷山却始终三教同山，和平共处，和谐发展。理学不是儒教的儒教，她曾使武夷山执全国学术之牛耳而笼罩百代；道教自汉武帝开始，群仙云集，至宋时全真道南五祖白玉蟾到此修炼，实际上创立了“内丹派”学说；佛教更是“千万峰中梵室开”，到清代寺庙近 200 座，活佛扣冰大师更是成为闽王国师，至今武夷山仍流传纪念他的“蜡烛会”，届时“满城千树火，彻夜九霄霞。”武夷每处山水，你可以把它作为洞天福地，也可视着道南理窟，更可以揽入梵音禅室的范围。最为有趣的是远离景区的一座葛仙山的墓碑，一位道士羽化升天，信徒们给他立碑写下一副对联“山顶峰秀因龙脉，河口水白作虎身。”一个甲子六十年过后，有位佛教释子圆寂，竟然同用此碑，只不过将身份刻在碑后。一块碑石两门宗教，再没有什么比这更能说明一切了。都说“文人相轻”是个规律，而在武夷山中文人与文人却相爱有加。朱熹与道教的白玉蟾过往甚密，早年他曾耽迷禅宗的顿悟和华严宗的思辨，他亲自赋诗对扣冰古佛传记出版表示敬意。反之，朱子去世后，不仅陆游、辛弃疾诗文相祷，白玉蟾也肝胆俱裂，口占数首。其中《题精舍》云：“到此黄昏飒飒风，岩前只见药炉空。不堪花落烟飞处，又听寒猿哭晦翁。”朱子创建理学不仅集儒学之大成，实际上他的学说里到处闪烁着道、佛的智慧光辉。同道中也有不同的意见，著名的“鹅湖之辨”就在武夷山南北之间的江西鹅湖进行，最后是谁也说服不了谁，回家途中，朱熹弟子不满于陆家兄弟的不敬态度，而朱熹却站在闽赣交界处的分水关上笑吟：“水流无彼此，地势有西东。若论分时异，方知合处同。”

武夷山山水能够千古如斯，诸种生命悠然自得其中。除了政府主导型的保护、伟人关爱之外，还得益于当地百姓的环保自觉，得益于深深植根人们心中的中国生态文化观念。也许是武夷这方生态乐园万物向荣的昭示，也许是长期“格物致知”不倦探索思辨的结果，朱熹天才地猜到了大自然的规律和秘密，不是生于斯却长于斯的他，继往开来创立了新儒学——朱子理学，竭力主张“天人合一”之道。读透人生世情的耄耋大学者季羡林在《阅世心语》中说道：“‘天人合一’观是中国古代文化最古老最有贡献的一种主张，也是中国古代哲学的重要基调，更是中国古代论人生之最高宗旨。”在季老看来，《周易·乾卦·文言》说“‘大人’者与天地合其德，与日月合其明，与四时合其序，与鬼神合吉凶，先天地而天弗违，后天而奉天时”，所谓“天人合一”就是人类和自然和谐统一为一体。当然，“天人合一”观不限于儒家，包括道家释子以及东方印度的“梵我合人”的思想。只不过朱子理学是南宋以降统治阶级的思想，代表着主流文化和时代精神，又对武夷山影响最为深刻罢了。闽北研究朱子的专家张品端先生阐述了朱熹的生态价值观，认为朱熹确立了“天地万物一理”的基本观，提出“万物与我为一，自然其乐无涯”，天人一理，才能达到人与自然和谐之目的，确立了事亲之道以事天地，发挥了孟子“亲亲而仁民，仁民而爱物”的观念。“视万物如己之侪辈”的生态道德；确立了贯彻生态伦理的原则，提出“取之有时，用之有节。”为了做到资源的可持续利用，他坚持“中和”的生态思想。聚其不同的事物而得其平衡，即谓“和”。“和实生物”：“五声和，则丽听；五色和，则成文；五味和，则可食”，所谓“中和”也就是“中庸”，它是儒家人生智慧的核心理论。朱熹认为：“致中和，天地位焉，万物育焉”，“万物并育于其间而不相害。四时日月，错行代明而不相悖”。中国理学有个很重要的特征就是泛道德论，它不仅对人际关系作出规范，而且向人与万物以及自然界拓展。现在回头看看，中国古代文化是“极高明”学问，富有时代的前瞻性。有学者认为西方文化是“一分为二”，而东方文化则是“合二为一”，所以在处理人与自然的关系方面迥乎不同，西方的指导思想是征服自然，而东方思维主张自然万物浑然一体。西方人自命为“天之骄子”“地球的主宰”，而东方人视大自然为朋友兄弟，了解它、认识它，然后有所索取。好在到了19世纪70年代，德国生物学家赫克尔提出了“生态学”这一名词。20世纪80年代德国学者胡伯提出现代化与自然环境互利耦合的现代化理论。生态文明颠覆了工业文明的观点，强调看重生命和自然界的价值，摈弃工业文明“反自然”文化，抛弃人统治自然的思想，走出人类中心主义的陷阱。工业文明使人类思维导入“分析的时代”人们与自然相对立，力图征服自然。工业化、现代化的发展，人们对大自然无休止的索取、掠夺和践踏，造成资源的枯竭、森林的锐减、荒漠扩大，物种加速消亡，全球气候变暖、变怪，地球已越来越不堪人类需求的重负，越来越面临生态恶化带来的毁灭的可能，人类正遭遇着因为生态失衡而带来的死神威逼。有人呼吁要通过生态文化对人们进行启蒙，把生态意识和责任意识渗入公众的心灵。这是人类历史上第二次启蒙运动。近代思想启蒙运动完成了它最初的目标，人性的解放。然而实现人的全面解放没有自然的参与是不可能成功的，“因为自然是人的无机身体”。这些生态文化仿佛是向东方思想回归。“近百年来，世界人类文化所宗，可说全在欧洲。”季羡林老先生断言，“‘三十年河东，三十年河西’，解决世界性生态问题的办法就是以东方文化的综合思维模式来济西方的分析思维之穷”。我没有把握肯定这一判断，但是现代生态伦理文化确与朱熹的生态价值观有异曲同工之妙。武夷山水保护实践验证了朱子理学的生态主张。

# 道之南

望着父亲手书“道南理窟”最后一笔镌上九曲岩壁，马应璧长长地舒了口气，父亲马负书乾隆元年中了武状元，可一辈子敬仰理学大家，提督福建陆师镇守闽疆二十余年，最大的愿望就是想在武夷山勒刻“道南理窟”四个大字。谁知平常军务繁忙后来疾病发作，理想都无法实现。事有凑巧，天遂人意，乾隆四十四年（1779），马应璧任职崇安，终了父亲遗愿。这方擘窠石刻确属非同一般。马应璧在题跋中说：“窃念先大夫欲以理学渊薮，发山川之秀灵，非寻常题咏岩泉者，此何可弗镌，而遗山灵憾！”儿子认为，父亲这方大字不得不刻，否则武夷山灵都会遗憾。因为它揭示了理学的渊薮、山水的灵魂。

道南理窟里的道南，指的是孔孟之道向南传播；而理窟，说的是理学荟萃之地，有如郭璞所云“京华游侠窟”的窟之意。更耐人寻味的是马家父子题跋的位置。“道南理窟”题刻在五曲之西，晚对峰对麓，与此隔溪遥遥相对的是当年游酢的“水云寮”和朱熹的“武夷精舍”。

游酢于公元1099年到武夷山，筑寮五曲云窝铁象岩上，潜心研究经史，刻苦著书立说，广为聚徒讲学。大家知道，程颢、程颐是理学创始人“二程”。游酢、杨时以“程门立雪”的行动就学于大师门下，程子望着他们归闽的背影说过“吾道南矣”。他们载道南归闽北后，真的担负起儒学新发展的重任，而武夷山是道学南传第一站，游酢则是道南第一人。大概一百年后，游酢的后裔游九言也像马应壁一样，怀着十分的崇敬在崖壁下刻下了“水云寮”三个大字。

中国文化由北向南转移有其深刻的原因。人们常把唐宋作为中国古代社会前期向后期过渡的阶段。经历了大唐盛世后，五代十国给中国经济政治和文化带来几乎毁灭性的打击。数十年间，帝王几易其姓，兵举不息，生灵涂炭，南方成了向往之地。虽然交通闭塞，关山阻隔，但却成为避乱苟安之地，更是文人士大夫的理想向往。有词云：“安莫安于福建。”大理学家郡雍当时就说：“天下将治，地气自北而南，将乱，自南而北，南方地气至矣。”到了宋朝，宋太祖赵匡胤和宋太宗越匡义用了二十年的时间，收拾了五代十国那种乱哄哄你方唱罢我登场的政权更迭的局面，宋太祖踌躇满志的吟唱“一轮顷刻上天衢，逐退群星和残月”，自比普照神州六合的太阳。但史学家们认为他建立的宋王朝更像“阴晴圆缺”的月亮，而且是至不了满月的月亮，如同钱钟书所喻：宋太祖设想的那张不容他人酣睡的卧榻，“从八尺方床收缩而为行军帆布床”，虽然他常常夜不能寐，还总是惦记着“一榻之外皆他人家也。”到了宋钦宗靖康元年，金国大军南下，1126年虏徽钦二帝北去，北宋王朝结束。南宋王朝也是处于风雨飘摇之中。和中国军事版图变化相同的是文化地理也发生深刻的变化。春秋末年，孔子创立儒家学说，西汉时“废黜百家，独尊儒术”，风光为中华民族主流文化。佛教于两汉之际传入中国，经过三国、两晋、南北朝，至了隋唐愈发壮大，佛教中国化产生了禅、华严、天台等宗派，几乎倾国信奉佛教，大有与其他国家一样成为佛教国家的趋势。而在东汉产生的中国本土宗教道教，在与佛教斗争中也逐渐发展起来，加上人们错误认为教子与唐皇同姓，因而道家势力也十分强大。原先儒释道三教鼎立成了佛道压倒儒学的形势，当时一流学者几乎都出入佛道，作为中华民族主体文化思想的儒学奄奄一息，卫道士们大声疾呼儒家道统已到了中断的紧要关头。唐朝的韩愈率先提出复

兴儒学，北宋的周敦颐、程颢、程颐、张载等在北方着手建立新儒学。北宋之后，新儒学又岌岌可危，道统再一次面临覆灭的危险。文化落后的金国承担不了发展儒学的重担，中华民族文化存续兴亡的地理坐标只能向南转移。

江南不乏名山胜地，何处才是中华文化涅槃之所？南宋大理学家张栻断言："当今道在武夷！"历史怎么会这样青睐闽北的武夷山，将华夏文明转承启合、继往开来重任空降于此？让我们先来看看闽北的地理区位。水路未开之时，中原进入福建非经闽北不可。陆路入闽主要是三条路径：一是翻过闽赣交界的杉岭，从今日的光泽进入；一是越过闽浙交界的仙霞岭，从今日的浦城进入；一是跨过闽赣交界的分水关，从今日的武夷山进入。值得注意的是分水关与江西沿山相邻，到其河口码头仅八十里，当时它是江浙闽粤货物、人流的重要集散地之一。由河口转上饶便进入信江航运。通过这条水路可通浙江常山、江山，然后沿钱塘江往杭州，直抵南宋的首都。王世懋在其《闽部疏》中说："凡福之绸丝、漳之纱绢、泉之蓝、福延之铁、福漳之橘、福兴之荔枝、泉漳之糖、顺昌之纸，无日不走分水关及浦城小关，下吴越如流水。"既然有货北运，自然有人南来，一方面福建是"北畔是山南畔海，只堪图画不堪行"，足以避乱，安下书桌做学问。另一方面如果政治形势发生变化，闽北又是北客返回中原最近最易的地方，南唐之后掀起一拨又一拨移民福建的浪潮，而闽北武夷山一带则是他们落脚的首选之地。

一种伟大的思想总是在前人的基础上继承创新。马克思主义能够诞生，离不开费尔巴哈的"基本内核"、黑格尔的"合理内核"，离不开大卫·李嘉图"劳动价值论"，同欧文、傅立叶、圣西门的"空想社会主义"更是脱不了关系。一代又一代的贤哲总要站在伟人的肩膀上才能继往开来探索真理。新儒学不是凭空出世，她不仅要梳理完善自家的传统学说，还必须从道教、佛教以及自然科学中汲取营养，集各种思想的先进因素之大成，而这些条件武夷山恰恰都能提供。武夷山自古以来便是三教同山，儒释道各呈异彩。道教起于东汉，但武夷山早在汉武帝时期就举行过准道教活动的盛典，《干鱼祭祀武夷君》和《幔亭招宴》的传说就是证明，五代十国之前的著名道士杜光庭在创立的华夏道教"三十六洞天"体系时，就把武夷山列为三十六洞天之第十六洞天。几乎与朱熹同时期的白玉蟾以武夷山为基地，把北方的道教神仙系统和原武夷山的道教神祇武夷君、皇太姥结合起来，成为道教南宗五祖。历史上武夷山的道院、道教活动场地有数十处。南宋前期，武夷山一带是国家道教文化的重心之一。武夷山佛教初兴于唐朝，至宋已成鼎盛之势。当时佛教已经中国化了，继慧能禅宗南宗之后的"五宗七家"直接和间接的创始人三分之二是闽籍僧人。他们大都云游过武夷山，且与理学人物过往甚密，像临济宗下的杨岐方会派的代表人物大慧宗杲，在朱熹著述中反复被提到。其弟子道谦曾为朱熹问禅之师，两人经常一起吟诗、赏帖、论学。道谦圆寂，朱子亲自撰文祭之。至于武夷山本土得道的扣冰古佛更为闽王之师，千余年来纪念他的民间“蜡烛会”光焰不灭，南方诸多寺院都供奉着古佛塑像。与扣冰悟道有关的“天心永乐禅寺”，有五象朝圣之形，又处武夷群山中心，被人称为掌握山外青天的枢纽，赢得“华胄八名山”盛誉。至于散落在群山中以崖居形式建成的佛寺更不计其数，宋朝的武夷山佛教香火甚是灿烂。武夷山与儒教更具有不解之缘。历代皇帝任命武夷宫的主管提举多达 82 位，其中有刘子翚、朱熹、吕祖谦、张栻、辛弃疾、陆游、叶适、黄榦等硕儒圣贤，他们也是当时全国最知名的学者。理学南传后，杨时授徒罗从彦，罗又传道李侗，李侗再教朱熹，薪火相传，蔚为大势。他们先后在武夷山创建书院、著述收徒。武夷山中有据可考的书院就有 48 所，密度为全国之冠，其中最为著名的当数五曲溪畔朱子亲自擘画和创建的“武夷精舍”，董天工在《武夷山志》中称其为武夷之巨观。南宋前期，武夷山已成为中国文化基本形态的荟萃之地。

思想与山水无涉却有关。那年文学大家余光中回闽南拜祖省亲，顺便游武夷山。在这里他似乎寻找到了中国文化之根，临行前为武夷山写下了“千古灵山，九曲活水”题词。著名的上海复旦大学学者蔡尚思教授说，他“研究了中国自然美的山水已达 200 多个，认为武夷山超过了徐霞客最赞美的黄山，因为黄山山奇而不如武夷山的山水俱奇；而九寨沟则水奇而山不奇；桂林江水可游而小山不可登，也比不上武夷山胜可登又可乘筏；庐山的水在山之外，也不如武夷山的水在山之中。武夷山的山水俱佳，在国内外都是难比的。所以，我有小诗一首：朱熹是先贤，武夷为名山；人地两相配，唯有此间全。”厦门大学研究理学专家高令印教授也认为，武夷山水陶冶朱熹既仁且智，从观想武夷山水动静中建立起自己的人生观和世界观。还是回到马应壁目光聚焦的五曲山水。公元 1184 年，朱子在溪边隐屏峰下建成武夷精舍，开门讲学授徒，论道箸述，下学上达致广大、尽精微、格物穷理。他不无自信的在其《九曲棹歌》中吟道："五曲山高云气深，长时烟雨暗平林。林间有客无人识，欸乃声中万古心。"林间有客是帝王之师，万古之心是天地之心，是理学之心、中国文化之心。朱子和他的同道借着这方仁山智水，伴着棹船声声，倾心营造笼罩百代的理学大厦。他曾自谓"过我精舍，讲道论心，穷日继夜。"吕祖谦来过，辛弃疾来过、袁枢来过……朱子和他们上下几千年纵横求索，终于"集大成而续千百年绝传之学，开愚蒙而立亿万世一定之规"。然后，精舍里走出了黄榦，走出了蔡元定，走出了朱熹两百多个弟子，载道前往八方，四处点燃真理火炬。

立在五曲隐屏峰下，极目山水之外，遥想当年游酢、杨时负道南来，播下理学的种子。历史选择了朱熹，朱熹选择了武夷山，他用九曲活水，灵山云雾，他用毕生心血和学达性天的智慧，培育出理学的参天大树，从而数百年来在中国乃至世界的思想天空中呼风唤雨。武夷有幸，拥有朱熹，便拥有中国文化的标高；朱子有幸，怀抱武夷，才能够为天地万民立心。

# 国之觞





“献文帝食蜜五斛，蜜灼五百支，黑鹇白鹇各一对。”

怎么看这份礼单，都像是朋友之间礼尚往来，绝非一个臣属国的纳贡奉献，更难相信一个大汉王朝得到属下进奉竟区区如此？石蜜和蜜灼据说都是食品，当今已不流行。朋友们帮我查证，大约为蔗糖和牛乳的混合制品，其中石蜜坚硬如石。我想汉高祖大概不会看上眼的。至于黑白鹇倒是现今国家一级保护动物，不过数量也太少了。是不是闽越诸侯王国地处东南一隅，穷乡僻壤，国库羞涩，无以表示？当年闽越国的版图鼎盛之时覆盖了今日福建的全部，江西、浙江、广东的部分，甚至台湾也属于它的势力范围。境内山川秀丽、湖海浩瀚、阡陌纵横、物产丰富。闽越立国之后，无灾无患，休养生息，经济突飞猛进。建城邑、立宫祠、修农田、兴水利；冶铁铸器、选材造船；好一派繁荣景象，成为中国东南沿海一个举足轻重的割据政权。别的不说，单就闽越国宫城面积就相当于北京故宫的三分之二。闽越王朝稍微意思意思，上贡大汉礼品也不至这样寒碜。是不是闽越国朝廷不谙生活之道，勤俭节约习惯使然？遗址出土的文物中，日用陶器是闽越国最普遍、最多见的遗存物。它们烧制精良，质地坚硬，造型高雅、胎骨致密，从敲击的清脆声中，分明可以感受到闽越人杯觥筹措的饮食惬意。夹砂陶釜、平底小盆可炊米炖饭，鼎、釜、甑能蒸煮兼用，“饭稻羹鱼”，钟鸣鼎食，算不上金馔玉馐，不过鱼米之乡的风

味却是实实在在的。闽越王城中出土了为数不少的陶纺轮、纺锤，古越族悬棺中还发现棉布线头。据说它是我国出现最早的布料，古人称为“吉贝”。一切表明闽越国的生活水平可谓“丰衣足食”。如此说来，闽越国所作所为，不是有意作秀示穷，便是蔑视汉廷，至少有不敬的成分。淮南王刘安曾经咬牙切齿上书汉武帝：“闽越人名为蕃臣，贡酎之奉；不输大内，一卒之用不给上事。其不用天子之法度，非一日之积也。”应劭注曰：“越国僻远，珍奇之贡，宗庙之祭，皆未与也。”实事求是地说，无诸王进奉礼品虽为微薄，但至少表面上还有君臣意识，及至发展到他的接任者，就连那少许的意思也不贡奉了。

闽越国所以不敬自有他们的看法，而且烙有深深的历史痕迹。闽越是国名，又是族别。闽是福建的土著，越是生息在浙江一带的越人。公元前 473 年，越灭吴。公元前 334 年，越国又为楚国所灭，楚威王诛杀越王无缰，尽有其地。幸存的越王室和部分臣民，南逃入闽，和当地土族融合，无诸时，立国称王。但他们仍尊越王勾践为先祖，世世供奉。秦始皇一统中国时，“南征百越之君”，废去无诸王号，改称“君长”，地设“闽中郡”。无诸无奈只好俯首称臣。秦王朝苛政猛于虎，对闽越也不例外。“秦侵夺其地，使其社稷不得血食”。陈胜吴广大泽揭竿，无诸和摇积极响应，率领闽越子弟兵“为天下唱”“从诸侯灭秦”。公元前202年，初登皇位的汉高祖刘邦，着即封无诸为闽越王。可是在闽越王室看来，闽越原来就是一个独立政治实体，潜意识里总认为闽越江山本是我的江山，你大汉分封不过是“完璧归赵”、顺水人情，何况我闽中子弟为此还付出无数生命的代价，我有什么必要向你敬奉呢？激进些的闽越人士甚至还有更大的抱负。现在看来，闽越建都武夷山城村意味深远。此处是走向会稽、赣东二郡的通衢，经济发达又腹地庞大，有险可守又进出方便，“无事则四达必由之路，有事则百战必争之地”。人在闽北，心在越国故都。闽越领袖无时不想复兴勾践的霸王之业。

智商和谋略远远高于楚霸王的汉高祖难道没有从礼单上看出端倪吗？刚实行郡国并行的制度时，刘邦曾严厉警告诸侯王国和部下不准出轨作乱，“其有不义背天子擅自起兵者，与天下共诛之”，对稍有异志的“猛士”，往往采取裂土削权、易地放逐，直到满门抄斩。哪怕皇亲骨肉，赫赫功臣也不放过。韩信、彭越被杀就是明证。刘邦何尝不知闽越那款心曲，只不过大汉王朝初立，百废待兴，内部矛盾重重，北方边境匈奴又屡屡作乱。闽越王虽属异己，一时还尾大不掉，所以他选择了装聋作哑。就这样郡国关系相安无事维系了十年。不过汉廷决不会听任诸侯肆无忌惮地拥兵坐大。汉惠帝三年（公元前192），西汉王朝又封另一位闽越领袖摇为“东海王”。理由是摇也参加反秦战争，功劳甚大，越国百姓拥护，于是皇恩浩荡。十年前，同样是汉廷认为无诸功盖于摇，所以宣布无诸为王不立摇位。西汉王朝怎能这样出尔反尔翻手覆手呢？后人常常怀疑史籍有误。其实道理很简单，汉王朝就是要在闽越打入楔子，裂土封侯。一地两国、一山两虎，让你们鹬蚌相争，我好从中渔利。不仅如此，闽越国历史上还出现过一国两王的局面。公元前 135 年，闽越王郢发动了对南越国的进攻。汉廷调集两路大军讨伐闽越。闽越王无诸之弟余善在贵族的支持下，刺杀闽越王郢，遣使节将郢的首级献于汉将，向汉廷谢罪，汉武帝遂罢伐返师。朝廷为羁縻闽越，封立无诸之孙繇君丑为闽越王。但余善此时权倾朝野，繇君丑无法驾驭，汉武帝于是又封余善为东越王。闽越国竟然出现了一国两君的局面。两王并立，后果可想而知。兄弟阋于墙，同室操戈，达到了汉王朝让他们自己互相钳制的目的。不过剑刃双面，闽越王室也越来越同汉廷离心离德背道而行了。

解决政治问题的最高和最后形式便是战争。闽越国势力扩张愈演愈烈。汉武帝三年（公元前 138），闽越王郢曾经发动了对东瓯国的战争。强盛的闽越军队把东瓯围困得铁桶一般。后来闽越虽惧朝廷救援之军主动撤兵，但东瓯认为此处已非久留之地，所以举国迁往内地。东瓯国土遂为闽越吞并。在闽越激情飞扬之时，也是西汉王朝大一统的盛世之日。历史已不复春秋故事。汉武帝解除北方匈奴的威胁之后，腾出手来解决闽越问题。公元前 111 年前，东越王余善悍然发兵反汉。战争初期，闽越国小有胜利。形势冲昏了余善的头脑。他擅自私刻“武帝”玺，自立为帝。汉武帝终于撕下绥靖安抚的面具，调遣四路大军围攻，决心武力铲除包括余善在内的诸侯王国。余善闻知指派各路兵马据险抗击汉军。就在此时，闽越国内部崩溃。闽越衍候吴阳率军响应汉军，攻击余善驻守闽北浦城军队。闽越建成候敖、䍾王居股和吴阳合谋，计杀东越王余善，然后举国降汉。汉武帝厌烦了招安、围剿反反复复的做法，下决心彻底清除祸患。他以“东越狭多险，闽越悍，数反覆”为由，下令将闽越军民悉数迁往江淮之间，一把大火烧掉闽越数代精心建设的城村国都王城。汉之一炬，可怜焦土。

闽越王国由汉高帝五年（公元前 202）刘邦册封，汉武帝元封之年刘彻亲手剪灭，风雨中走过 92 年。其荣辱兴衰足以让后人扼腕叹息，更留下深深的启示。闽越国自分裂始又因分裂亡。从历史发展的趋势看，建立和巩固统一的中央集权制的国家，即使是刘氏家族的天下，仍然是社会的进步。在中国广袤的土地上，所有的民族只有团结在一起，才能繁荣富强。何况闽越根生中国，血脉通汉。“闽越无诸及越东海王摇，其先皆越王勾践之后也，姓驺氏。”闽越诸侯王朝有过辉煌时刻，最终又灰飞烟灭。这种宿命的结局让人联想到闽越的图腾崇拜，“闽，东南越，蛇种”。闽越人对蛇有着特殊的敬意，其习俗一直流传到现今。当年甚至出现过“以人祭蛇”的情形，民间还有少女嫁“蛇郎”享尽荣华富贵的传说。蛇灵活迅速，冷血神秘，在墨西人眼里，蛇崇拜的意义便是智慧。但从字面上把“闽”字拆开，有人说，闽人在门里是一条虫，是一条蛇，打开门才是一条龙。这是否暗示，只有打开山门，融入长天大海，才能呼风唤雨，腾云驾雾，才能演变成为龙的图腾！

# 棺之玄

女孩要出国留学，武夷文化人王公经也到机场相送。临行前，他郑重从口袋里拿出个红包交给行者。打开一看，女孩和家人都愣住了。原来是块不知从哪里拾来的指甲盖大小的木片。公经先生缓缓地说："这是悬棺的碎片，可以保你千里万里吉祥平安。"悬棺是护身符吗？那次，知道了悬棺在武夷山人心里的珍贵和分量。



不廉的高官到一处名胜旅游，他混迹游客观看悬棺吊装表演。忽然，半空中簇新吊绳莫名绷断，模拟骨殖和殉葬品打翻在外。操作人员大惊失色。不久就传来那位官员"落马"伏法，暴尸于野。据说古代武夷为官，勤政廉洁者卸任之时最高奖赏便是一块悬棺木。悬棺是神明吗？那次，我领略悬棺在世俗生活中的权威和神秘。

悬棺玄在其形。武夷山的悬棺俗称"架壑船棺"。大者，"船长二丈许，中阔首尾渐狭，类梭形，似为圆木刳成，且具棹揖"；小者，"长丈许，阔三尺。"考古学家奇怪发现船棺除了用来搬运的扦孔外，盖顶两侧居然各有一个长方形的穿孔和棺底两孔对应，专家认定那是桅杆孔。朱熹在《九曲棹歌》中吟道："三曲君看架壑船，不知停棹几何年。桑田海水今如许，泡沫风灯敢自怜。"船棺是古闽人生产生活的投影。为什么以船的形式来体现生命的终极关怀？有人说，丧葬方式实际上是活人生活场景的重演。古闽人是伴水而居、楫舟而作的民族。"以船为车、以楫为马，往若飘风，去则难从。"生之靠船，死了也不离船。要不在另外的国度如何行走生活？有人说，船棺是古闽人民族迁徙的见证。成书于东周至秦、无所不包的怪书《山海经》中记载：“闽居海中。”后人发现船棺的殉葬品中有棕黑色的卵石，人类卵生的神话，是马来文化的特征。而黑色是古闽人的肤色。通过对GM血清血型的研究发现，即使现代的中国南方人也含有黑种人的血液。事实无可辩驳地证明古闽人与马来人种有着密切的亲缘关系。据此，闽北文化人李子认为：“船棺是祖先划不回去的舟楫。”他代古闽人发出“我祖乘船来，我要乘船返”的呐喊。以船为棺驶向远方，有如后来人的入土安息、叶落归根。有人说，船棺是灵魂安息的最好载体。自从人类产生鬼魂观念后，便以河为界划分人世与冥界的关系。现实中的河流难以涉渡，另一个世界想必亦是如此。阴阳相隔生死异路，此岸彼岸一旦超越，就可以轮回再生。这样造船技术就移植到丧葬风俗里来，“入地为安”转化成了“入船为安”。武夷山有诗为证：“三曲仙岩有架船，栉风沐雨几经年。古今共看长如此，意借灵槎上九天。”有人说，船棺是生殖文化的反映。与其认为悬棺像船，倒不如说它是一个象征母体子宫的容器，具有寄托灵魂和催发生命的双重功能，目的就是祈求死者的再生，好重新回到氏族部落的大家庭中来。这是初民生殖崇拜在殡葬仪式的表现。

悬棺玄在其高。武夷悬棺大都悬空放在峭壁之上或者崖洞之中。它和地面的距离是山的高度。这个高度是宗教崇拜的高度。朱以撒先生写武夷悬棺用了一个《仰望的角度》标题，说悬棺成了古闽人的标志，见它便令人想起“远古、往生、轮回、宿命”。古闽人的宗教信仰经历了从动物崇拜到祖先崇拜的过程。寻根意识代表着文明的觉醒。他们意识到应该感谢始祖繁衍了人类，祈祷祖先继续保护子孙。朱熹就认为悬棺创葬者是“夷落”的酋长和领袖，他们死后被古闽族人奉为神仙。神仙们的尊严安好事关整个部落的兴衰命运。只有高高在上，一方面接受氏族成员的祭祀膜拜，另一方面又可以防范野兽的侵袭和敌对势力的破坏。这个高度是古闽族文明的高度。考古学家于20世纪70年代对武夷悬棺进行了科学考察，并送权威研究所鉴定。悬棺距今3840±90年，树轮校正为4198年。福建省博物馆认定的时间稍晚些，但也在3750～3295年，大约是夏商周时代。悬棺取材来自树种中最坚硬的楠木，所以几千年过多的江南风雨只是褪去悬棺本色，让它变得更为黝黑深沉，其木质和框架依然如旧。很难想象古闽人是怎样砍倒它再凿空它。悬棺造型规整，四周砍凿成直角，修削整齐，子母口夯合紧密，棺柩内四周平平，壁厚仅2厘米～3厘米。殉葬的龟形木盘，雕刻精细，粗细竹席，纺织精致。这一切要想完成，若没有锐利金属工具，简直是异想天开。它很好地说明了一千年后越王勾践之父，为什么能依靠欧冶子在闽地所铸宝剑称霸天下。这个高度是古闽人技术的高度。直到现在还是说不清楚，悬棺究竟如何摆上悬崖峭壁上的。虽然人们有种种猜测，但也有种种否定："垂吊说"——从上而下用绳吊装，武夷山峰绝大多数上丰下敛，要将悬棺垂直吊入洞口几不可能；"栈道说"——架栈道上崖进洞，目前尚未发现一条完整的通往悬棺的栈道遗迹；"地理变迁说"——当年水位地势较高，先人顺势摆放，地质学家认为四千年的地理运动，不可能出现如此"沧海桑田"的巨大变化；——滑轮调装安放，虽然有人成功完成了试验，并作为一个旅游项目进行，但还未得到考古界专家们公认首肯。



悬棺玄在其远。悬棺文化无论时间和空间都超越了古闽族本身范畴。从空间看其影响，这种葬俗远到了大陆十多个省市，远到了泰国、越南甚至东南亚一带，远到菲律宾、马来西亚、苏门答腊以至太平洋诸岛。与悬棺众多玄妙之说不同，有一点没有争议的就是最早悬棺来自武夷山。罗哲文教授是周恩来总理保护下来的专家，也是当年倡议中国应该加入联合国"世界遗产保护公约"资深学者。他到武夷山实地考察悬棺后权威宣布，武夷山是悬棺文化的发祥地。这不仅因为武夷悬棺年代最为久远，还在于它的形状、安葬方式最为原始。近年四川考古发现的船棺，不在悬崖峭壁上，而是深埋土中。中国文化运动走向，大抵由北向南推进，但悬棺文化却是沿着河流自南向北，自内向外传播。传统的观念总认为蒙古高原黄帝部落和中南一带的炎帝部落共同构成了华夏族，创立和发展中华民族的文明，而古闽大地是不羁之地，古闽族是“不牧之民”、一群“蛮夷”。事实上，就人种而言，开创华夏民族的不仅只是蒙古人种。就文化而言，以蚩尤和伏羲为领袖的马来人种所造就的文化，同样是中华文明的源头之一。

# 人之初

“当过四届宣传委员的请举手！”

南平市宣传委员培训班正在武夷山举行。培训班主官郑重询问台下上百名委员。如果说当过一两届的宣传委员举起手臂有如树林，那么连任四届的则鲜如凤毛麟角，饶建华同志就是其中的一位。



乡镇宣传委员“人微”言不轻。台上的培训者说道，乡镇宣传委员是农村从事宣传思想工作的领导者和组织者。岗位职责有“四大功能”——理论工作的“武装功能”、思想工作的“引导功能”、文明创建的“塑造功能”、文化艺术的“激励功能”。在台下的饶建华的心目中，乡村宣传思想文化工作更充满了诗情画意。学理论，与真理同行；读书报，和墨香为伴；创文明，弘扬真善美；谈思想，广交天下友。场合需要可以引吭高歌、激扬文字，也可以静默沉思、上下古今。还有什么比看戏唱歌都算工作的岗位更为惬意呢？但是，乡镇宣传工作重、条件差、人手少，做工作需要付出更多的智慧和勤劳。饶建华同志选择用故事的形式来宣传思想文化工作。他寻故事、记故事、写故事、讲故事，茫荡山的人文地理在他的口中笔下，都成了活生生的山水、鲜灵灵的人物。一块石头，他能讲出杨八妹的飒爽英姿；一条道路，他能讲出王堂选的古道热肠；一棵老树，他能讲出风情万种；一番风雨，他能讲出真善美德……故事来源于民间世俗，他讲的故事又高于社会生活。他把社会主义核心价值体系的理念，有机地融合于大家喜闻乐见的形式中，让受众在不知不觉中，得到潜移默化的教育。对外，他很好地宣传了茫荡山的自然文化价值和魅力；对内，他激发干部群众的自豪感，推动当地文化和旅游事业的发展。

饶建华所讲的故事大抵与一座山有关。与其说他坚守宣传委员的岗位，不如说他厮守这一座山。这座山有着一个气势磅礴的名字——茫荡山。苍苍茫茫、浩浩荡荡。苍茫的是林海，苍茫到让人“懵懂”的程度。数十万亩的山林面积，接近百分百的森林覆盖率，1575种高等植物。其种类占了生态资源丰富的福建省一半，相当于欧洲的3倍。野生脊椎动物453种，昆虫2039种。苍茫还有深深的人文底蕴。宋代官方文书《地舆纪胜》对茫荡山就有记载。明代郑和下西洋前前后后，都与此山有关。大概在1413年，他在雪山寺三宝殿铸就了郑和铜钟，至今该钟作为国家一级文物存于中国历史博物馆。最直观表现茫荡山文化的就是那蔚为壮观的闽赣古道三千八百坎。这条至今不废的道路，是中原文化入闽的走廊。当年游酢、杨时、罗从彦、李侗、朱熹走过，陆游、辛弃疾、海瑞走过，郑和、郑成功也走过。许许多多贤人圣士不仅留下了墨宝石刻，还留下众多逸闻趣事。浩荡的是山势，跌宕起伏有如“仙人叠石”。莽莽群山高高低低，海拔落差近千米，于是古道盘旋、巨石横斜、古树参天、仰之弥高。高山之上又有平畴盆地、泉水湖泊。于是村落分布，廊桥矗立，庙寺钟鸣，古意悠悠。更有那条条瀑布，从天而落、飞花溅石，“潺潺泻出声犹缓，滴滴飞来势较深”。浩荡的是气象。山中年降雨在1669毫米，年平均气温在人们最舒适的温度24℃左右，每立方厘米负氧离子有2.6万之多。夏无酷暑，冬无严寒。宝珠村有一株“九尾菩提树”，树外晴空万里，树下细雨飘飞，里外晴雨两重天。最是乍雨还晴时，云雾随着大风手舞足蹈于山野之间，“茫茫云中雾，荡荡谷生风”。在饶建华看来，茫荡山的自然人文是农耕文明的“活标本”，“就像‘香袋’那样时刻透露着生动的历史文化信息，让人们保持亲切的生命记忆，并深藏一种温馨的精神家园感"，所以，他把茫荡山的一草一木、一事一说都看成生命的一部分，自觉地担当起它们的保护者。当一处宋元古迹周边的林木被列入砍伐计划时，他出现在伐木工人面前，低声下气地恳求："人们都说刀下留人，我请你们（刀）锯下留（树）木。我姓饶，就请你们看在我的姓上饶过这些树吧！"见劝告无果，他又是写报告，又是直闯区和市直领导办公室，在他的努力下终于保护下那些树林。平时看到遗弃的树根树枝，他也捡回家，细细琢磨，几番加工便制成根艺，赋予它们新的生命意义。饶建华做得更多的是用他的笔、用他的嘴，书写茫荡山，宣扬茫荡山。他走遍这座山的沟沟壑壑，有时一个节假日跑五六个村庄，他几乎询问所有知道这座山故事的人们，他翻尽了和这座山相关的资料文档，发表了十多万字作品。这本书收录的故事就有上百个。

民间文学向来被人们认为"下里巴人"之作、"引车卖浆之徒"所为。事实上，民间文学无论在过去、现在和未来都是一种不能轻视的文学现象。不管在文学史上的位置，还是市场票房占有上，都具有巨大的价值。何况现今的民间文学，与经典和前卫文学的界限很为模糊。饶建华的著述就能说明这一点。我把他的文章特性归纳为三点：一是原生性。别林斯基曾经说过，民间的诗"价值就在于它的纯洁无瑕的素质，在于它的朴素无华的并且常常是粗糙的形式"。我总认为清新质朴是文学的一种很高境界。有如从喧嚣的闹市遁入幽兰空谷，聆听天籁之音。写作的人们往往都会经历从华丽返璞归真的过程，豁然于"大音无声，大象无形"的感叹，进入"见山还是山，见水还是水"的深刻层次。列夫·托尔斯泰说："人民有自己的文学——这是优美绝伦的，它们不是赝品，它就是人民里边唱出来。并不需要高级文学，也没有高级文学……既然还有这么多巨大的真理要说，为什么还要讲精致呢?"但丁宣称俗语的高贵，普希金要求年轻的作家倾听百姓朴实的日常口语，高尔基甚至发现，从浮士德、普罗米修斯、奥赛罗到哈姆雷特、唐璜等著名文学形象都源于民间传说。经典源于民间，价值功能也在民间，而且民间文学本身也有许许多多成为经典。老领导林心华先生读了饶建华的文章后，一语中的：“朴素平凡，蕴含精彩。”二是生动性。民间文学并不全部不重视形式和精雕细刻。南帆和刘小新等合著的《文学理论》指出：“大众文学没有必要苦心孤诣地企求突破传统，大众文学的指标是趣味性与适当深度的结合。”它的基本框架是紧张的情节、曲折的故事、欲罢不能的悬念、释卷后洞悉谜底的快感以及毫不含糊的价值判断。饶建华同志所说的民间故事，大抵可分为这样几类：一类是历史人物传奇逸事。诸如“武延平”郑成功、“义声载道”王堂选、英姿飒爽的杨八妹，“文延平”李侗、为民祈雨的汤知州、机智道士王万益、“双剑化龙”的张华和雷焕等等。另一类是茫荡山的风俗民情。像茂地的三月三、茂地的端午节、瑞龙桥、�竹的烛桥灯、宝珠山台阁戏、插春叶的来历、欢度元宵闹烛灯、宝龟山千岁酒等等。再一类就是当地流传的风物传说。如南京树、灵龟吐雾、青蛙吐米、伏虎禅师、国之瑰宝郑和钟等等。饶建华的故事和评论家的理论大体吻合，最大特点便是生动有趣。值得一提的是他的故事还糅进了散文的要素，因此在一般民间文学模式上又有所拓展，显得开合自如，以小见大，平凡深刻，朴素有“华”。他写“灵龟吐雾”，既讲清了灵龟吐雾成就宝珠村宝龟山之名的来龙去脉，又论证“龟千年生毛，龟寿五千年，谓之神龟，万年曰灵龟。”然后由此说明宝珠村为“天上碧城”“海上神岛”，再联想到老子《道德经》的境界。读饶建华的故事，不会有读《尤利西斯》《百年孤独》那样的难懂荒诞，也不像读《山居笔记》、唐诗宋词那样过于唯美和雅致。它像饭后一杯茶，相逢一知己，轻松笑谈中便可以掩卷而思了。三是潜在性。长期以来，民间文学总作为经典陪衬，大众往往是作家启蒙的对象。随着市场经济的兴起，传播方式的改变，特别是互联网的出现，文学似乎回归到“原始状态”，人人都是作家、编辑，个个都能成为出版商、发行商，鼠标一点，发表作品。随时可以无拘无束抒情言志，天天可圆文学美梦。文学功能更多的是这一种可视可食的“精神大宴”，一种生活必需的即时消费。这样民间文学获得了前所未有的发展空间和表演平台。像“哈利·波特”那样的神话传说几番炒作便成为商业巨片，中国的熊猫经外国人包装返销国内就能赚个盆满钵满的票房。我想，饶建华的作品，如果假大家之手，借助商业办法，也完全可能演绎出“轰动效应”大作来。所以饶建华同志的作品不仅是守护一方精神的家园，指引人们在岁月荒老时候能够寻找到回家路径，避免沦为流浪的“文化孤儿”，现实地说还极具有潜在的可供开发文化资源价值。

我们不能要求所有的宣传委员都成为作家和讲故事者，但是我们需要像他那样热爱岗位，热爱足下土地；守护山水，守护文化遗产；宣传经济，宣传精神文明。这是所有从事宣传思想文化战线同志们的职责所在，贡献所在。

# 茶之白





阳春若花，茶白似雪。

开水压抑不住春天的热情，冲入诚实透明的玻璃杯子，静卧的白茶突然神奇般醒来，束束茶芽争相跳跃，毛茸茸毫光晕眩人们的心神，而甜甜的清香霎时痴醉了一片。那旋转升腾的毫心，宛如闻曲起舞的佳人，裙袖生风，多情饮者便会品出诗一样的温柔；那瞬间冲上的毫锋，又像众多勇士仰射的银箭，冷然有声，自强饮者当然联想到了疾风劲草。

茶可以绿，可以红，亦可黄，亦可黑。可是政和茶竟能白，白得茶王国“六宫粉黛无颜色”；白得茶界泰斗张天福先生也欣然命笔，“政和白牡丹茶形、香、味独珍”；白得百姓千年传唱，“嫁女不慕官宦家，只询牡丹与银针”。白茶的芽茶，状如银针，通体身披白色茸毛，故称“白毫银针”，白茶的叶茶，一芽加一、二叶，银白的毫心与绿叶相衬，形似花朵，人们用“国色天香”的花王呼之——白牡丹。白茶形神兼备，秀外慧中，以其“清鲜、纯爽、毫香”独立于世。

银针牡丹，阳春白雪。有人把白茶喻为银，当作玉，看似花，疑如腴，还有“雀舌鹰爪”之说。我饮白茶，耳边却总响起那首古代名曲，那首天籁之声。白茶的高贵品相来自皇家的赞誉。“宣和殿里春风暖，喜动天颜是玉腴。”那位历史上委实没有多少作为的宋徽宗，倒为政和做了天大的茶事。他把自己的年号赐给当时还是关隶县的政和。皇帝因茶而给一个地方取名在全世界大概找不到第二个了吧？政和白茶可以说是价值连城。政和白茶的高蹈品格凝聚了青山绿水的厚爱。横贯全县的鹫峰山脉，挡住了西伯利亚的寒风，又挽留住了从东南沿海来的湿润，还造就了高山和平原独特的二元地理结构。境内群山耸峙，峰峦竞秀，云雾缭绕，一河向西的星溪流水更是滋养繁育出国家级优良茶树品种政和大白茶。

政和白茶高雅韵味还源于独特的加工工艺。一般来说，制茶不是像红茶普洱和乌龙茶让茶叶发酵或半发酵，就是如绿茶、花茶大火炒青，而白茶是轻微的自然发酵。在晴好的天气条件下，将一芽或一、二叶芽，置于通风的茶楼里凉青萎凋，达到八九成后，进行烘干，然后精心挑拣，再稍加复烘就成了政和白茶。

白茶自然朴素，冰清玉洁，似雪像冰如云。揣摩白茶之道，总会让人联想起政和“云根书院”那一历史去处。有人这样描写那个地方：“有源水自云中出，不夜珠临沼上来。满院清辉游月爽，被襟直觉远尘埃。”也就在政和得到新县名的第八年，朱熹的父亲到此为官，职务是相当于现在公安局局长，但他却谨遵父教，一心办学，一连创建了两所学校，首开政和兴学教化之风。朱熹的父亲把政和看作自己的第二故乡，到他处任职避难还举家返回政和，也就是那年在政和孕育了朱熹。朱熹的祖父祖母百年都归葬于政和。隐约之间我总感到朱熹父子一定饮过政和白茶。他们都是爱茶之人。朱熹父亲吟诵政和的诗作中就有：“为问脱靴吟芍药，何如煮茗对梅花。”朱熹出生时，亲朋好友中就有人以茶诗唱酬祝贺，朱熹一辈子更是茶事人生。茶叶从种植到品赏，他都一一亲力亲为过。他的最后一幅题字，因为当时处境艰难不便冠以真名实姓，思来想去最后以“茶仙”自况落款。更重要的是白茶性理和朱子生态理论十分契合。朱子生态强调人和自然、人和人之间，人的内心和和谐统一，和谐共生。朱子“天人合一”主张，“仁”的思想，“生”的观念，“和”的范畴，众多思想都能从白茶中品出其味。政和白茶讲究的是自然天然、不偏不倚、不浓不淡，浑然一个自然之茶、中庸之茶、和谐之茶。过去我总不解朱熹父亲创办的书院为何取名“云根”，细细品饮政和白茶之后似有所悟。

饮用白茶不仅拥有文化上的愉悦，还是一种健康的时尚。白茶原料十分讲究，茶农有九不采的规定：雨天不采，露水未干不采，细瘦新梢不采，紫色芽头不采，空心芽不采，损伤芽头不采，虫伤芽头不采，开裂芽头不采，畸形芽头不采。由于自然萎凋，既不破坏茶叶酶的活性，又不促进氧化作用。人们评价它不仅有生津止渴、去热降火功能，还有解毒、止泻、降血压、抗辐射、抗肿瘤的奇效。已故著名茶叶专家陈椽在专著中写道：“政和茶叶种类繁多，其最著者首推政和白毫银针，远销中国香港、德国、美国，每年总值以百万元计。”一直以来，政和白茶的产量和出口交货占全国一半以上。政和白、中国白、世界白。政和白，纯洁之白，动心之白。天下之君，不妨以此当酒，浮一大白！

# 茶之红

江元勋的20世代先祖在这明末某年的夏天，心中无比的烟熏火燎。昨晚朝廷的官兵不知为何夜宿武夷山的江墩庙湾。兵丁们把采摘的茶青作为热被，横七竖八睡了一夜。江氏见状敢怒不敢言，只有等部队开拔离开桐木关，才急急忙忙清理起茶叶来。茶青已经开始发红，顾不得心痛，江氏先将茶叶搓揉后，用当地特有的马尾松柴块认真烘烤。可是做出的茶叶与先前大不一样：色，乌黑油润；香，一股清清的松脂；味，甜甜的蜂蜜。家人和乡党都不愿饮用。无奈，江氏只得将茶雇人挑到几十里开外的星村贱卖。没想到第二年竟有人上门指要此茶并以数倍价格订购。



这就是中国三大茶类之一——红茶的诞生经过。一位茶农出于对茶的热爱，不经意间实现茶叶史上一场伟大的革命。如果从其日后对世界影响看，这一小小技术变化不亚于任何一个重大发明创造，就武夷山本身而言其意义更是不可估量。武夷茶初名于汉。汉武帝品饮之后赞曰：“久味之，殊令人爱，朕之精魂不觉洒然而醒。”到唐已颇具知名度。诗人徐夤有诗云：“武夷春暖月初圆，采摘新芽献地仙。”朝廷高官孙樵赠送武夷茶时，还要修札一封，特别交代：“此徒皆清雷而摘，释水而和。盖建阳丹山碧水之乡，月涧云龛之品，慎勿贱用之!”及至宋朝更是登峰造极名声大噪。不仅王禹偁、林逋、杨亿、范仲淹、梅尧臣、欧阳修、苏轼、司马光、黄庭坚、陆游、朱熹等大

家赋诗填词，“从而张之，武夷茶遂名驰天下”。就连皇帝宋徽宗也品茶分茶，撰写《大观茶论》，赞武夷茶“本朝之兴，岁修建溪之贡，龙团凤饼，名冠天下……采择之精，制作之工，品第之胜，烹点之妙，莫不盛造其极”。到了元代，武夷茶地位仍然尊贵。成吉思汗的大臣耶律楚材如此道来：“积年不啜建溪茶，心窍黄尘塞五车。”所以他“敢乞君侯分数饼，暂教清兴绕烟霞”。正因此茶珍贵，朝廷便在九曲溪畔设立了皇家御茶园。时光转到明代，武夷茶却名声大跌。明洪武二十四年（1391），一道特殊的诏令从紫禁城里发出。诏令规定：从今往后贡茶一律由团茶改为散茶。因为团茶制作要求甚高，耗时耗力。布衣出身的明朝开国皇帝朱元璋不知是体恤茶农疾苦，还是要表明励精图治，反正下令“罢造团茶”。一向以制作龙团凤饼的武夷山，不谙芽茶的加工，一时难以适应。清代的周亮工这样描述当时武夷茶的尴尬处境："前朝不贵闽茶，即贡亦只备宫中浣濯瓯盏之需"。茶农尽砍其茶，以至连非贡不可的茶叶，也只得以延平府之茶代之。对武夷茶颇有研究的邹星球先生认为，正是红茶的出现，一改武夷茶的明朝颓势："岁所产数十万，水浮陆转、鬻之四方，而武夷之名，甲于海内矣。"武夷红茶能够应运而生，得益于政治和技术两大因素。斯时建宁太守上奏免贡芽茶，使得当地茶农可以休养生息，积极改良茶叶栽培和加工。"崇安县令招黄山僧以松萝法制建茶"，带来了加工技术上的重大突破。所谓"松萝制茶法"实际上就是炒青绿茶的工艺。用这种办法加工发酵过的茶叶，就成为今日红茶的传统工艺，那就是"茶青—萎凋—揉捻—发酵—过红锅—熏焙—复火"。有关茶书记载了这一变法："近有以松萝法制之者，即试之色香亦具足。经旬月，则紫赤如故。"色多紫赤、汤色红艳恰恰是全发酵红茶的品质特征。史实表明，明朝后期红茶在武夷山已经呼之欲出，而江元勋先祖偶然间把经过天然萎凋揉捻和发酵的茶叶，按照当时"松萝法"去加工，于是便催生了武夷正山小种红茶。历史往往就是这样富有戏剧性，"有心栽花花不发，无意插柳柳成荫"。明明向着目标前行，抵达的却是另一个彼岸。伟大的发明创造往往肇始于偶然。



江元勋的先祖绝对没有想到，他意外做成的红茶能够卖得那么俏，走得那么远，以至今日世界各类茶叶销售中，红茶的份额占到总量百分之八十以上。一部武夷山茶叶历史就是这方碧水丹山开放的历史。武夷红茶走向世界，不外水陆两路，不少专家认为最早将武夷红茶介绍给外国人的是郑和。15 世纪初，郑和七下西洋，带出大量武夷茶作为礼品馈赠沿途各国，打开了茶叶出国之门。而首开武夷红茶海上贸易之路的多是荷兰东印度公司。16 世纪末的荷兰"海上的马车夫"老大，商船吨数占欧洲总数的四分之三。按照中国茶经叙述，1610 年荷兰东印度公司的船队把少量的茶叶运回国内后，就像久旱逢甘露一样，茶叶饮用很快在欧洲风靡起来，于是茶叶成了西方与中国贸易的主要物产。荷兰商人当时大都在今日印尼爪哇、不丹购买由厦门人运去的茶叶。而这些交易的红茶便是武夷红茶。不少书籍都记载这一史实。《与雷诺阿共进下午茶》一书这样写道："在17世纪时，已经开始制作红茶，最先出现的是福建小种红茶，这种出自崇安县星村乡桐木关的红茶，当17世纪荷兰人开始将中国茶输往欧洲时，它也随着进入西方社会。"清初，朝廷实行"海禁"，但是已经一日不可无茶的西方人和追逐高额利润的中国商人，顺应变化开辟了陆上的武夷茶路。两个地名被当时茶商们常挂在嘴边，那就是茶路的起点和终点——福建武夷山的下梅村和中俄边境的小城恰克图。恰克图在俄语里意思就是有茶的地方。1727年，中俄签订《恰克图界约》，清政府要求，所有中俄贸易只能在这个小城中进行。从武夷山的下梅起程，一路往北，翻过分水关，到沿山装船，沿信江过鄱阳湖，经九江，过长江转汉水至湖北襄樊起岸，然后经河南到山西大同、张家口，再出关穿过蒙古草原到达恰克图。迢迢万里，车装船运马驮骡拉身挑肩扛，大江大河高山峡谷草原沙漠，这是一条继丝绸之路之后，又一条著名国际贸易线路——万里茶路。它凿通了闭塞的中国与遥远西方的联系，造就一大批诸如"晋商"之流的民族企业家，也催生了古老的中国文明与欧洲文明融合发展。

武夷红茶给欧洲文明带去的美感，不仅仅是生理的，而且是文化上的，甚至是渗透灵魂的。应当感谢那位葡萄牙公主凯瑟琳，她在同英皇查理二世的婚礼上，频频举杯。杯中的饮料既不是法国露易十三葡萄酒，也不是澳大利亚的蓝山咖啡，而是晶莹剔透、清香甘甜的武夷红茶。红茶的美轮美奂和神秘高贵，倾倒了皇家贵族。据说参加婚礼的法国皇后为了打探红茶秘密，竟派卫士潜入皇后寝宫侦察。凯瑟琳因为开创英伦三岛贵族饮茶风气，遂成为"饮茶皇后"，同样，俄国沙皇罗曼诺夫，1638年从贵族斯塔尔科那里获得两桶武夷红茶，品饮后深深爱上它，喜欢之余还四处热情介绍。正因为皇室带头，武夷红茶的身影遍布欧洲的每一个角落，进入欧洲人生活的方方面面。应当说中国茶种类丰富，出口品种也不仅限于红茶，但是从外国人对茶的称谓就可以看出他特别钟爱武夷红茶。原先西方按中国人的发音称茶为“Cha”，自从武夷茶打厦门出口后，便带有厦门口音叫“Tea”，又因为武夷红茶汤色赤红近黑，当地人原称为“乌茶”，所以也称为“Black Tea”，或者称为“Congoutea”和“LapsangSouchong”。无论是哪种称谓，都融进了武夷山红茶特点有关的福建口音。1762年，瑞典植物学家Linnt把“武夷变种”作为中国茶树代表。1840年前后，西欧科学家把茶叶中分析出来的没食子酸混合物称为“武夷酸”，而Bohea意译为中国红茶，实则音译为“武夷”。西方人喜饮武夷红茶是有原因的，长期食用熏制肉食品的人们，最适合口味和具有解油腻功能的是红茶，他们人体中需要这种发酵燥化的绿色植物来补充所需的营养。政治家如此，因为没有什么能像红茶那样“既止渴，又有营养，使有煽动性的政治家精力得到恢复”；工人也是如此，英国经济史学者J·A·威廉逊曾说“如果没有茶叶，工厂工人的粗劣饮食就不可能使他们顶着活干下去”。武夷红茶既征服了西方人感官又征服了他们的心，茶道的“和静清寂”精神或多或少地影响了西方人的思维。著名学者陈艺鸿教授说：“喝茶的习俗对当时俄国人心理影响是挺大的，彪悍刚烈的性格有时也能适度地收敛。”在白雪皑皑的西伯利亚流传着这样谚语：没有茶的下午不是一个美好的下午。文人骚客对武夷红茶不吝笔墨，极尽所能大加赞赏。拜伦在《唐璜》里求助武夷红茶，易卜生在剧作中大声呼唤武夷红茶。约翰逊博士则深情写道：“以茶来盼望傍晚的到来，以茶来安慰深夜，以茶来迎接早晨。”西方人对武夷红茶的崇拜有如神明，每当贵族饮用武夷红茶时，总要起立向茶和种茶人表示尊敬。长此以往，西方形成了饮用红茶的种种礼仪传统，对饮茶时间、场所气氛、茶叶品种、茶具品质、冲泡要领，甚至摆放的方式都十分讲究。武夷红茶改变了欧洲的时尚，成了他们自诩的优美绅士文化中重要组成部分。

江元勋的先祖当然更没想到武夷红茶交易背后的风云变幻。同红茶高贵品质高雅文化背道而驰，竟与阴谋、间谍和战争相连，影响了历史进程和国际格局的变化。著名作家邓九刚先生断言："以武夷山为起点的茶叶之路重点富了山西，所以在山东和长江流域爆发太平军起义时，山西基本没有响应，如果山西响应，清朝可能要提前百十年垮台。"同样茶到欧洲，也带来政治上的影响。最初茶叶经营是荷兰人垄断的，英国东印度公司进献给凯瑟琳皇后的两磅红茶也是从荷兰人手中购得，由于饮茶风日盛，英国东印度公司与荷兰人在茶叶贸易上水火不容，英国制定航海法，规定外国进口货物到自己属地包括美国，只能由英国船只载运，这就导致两度英荷海战的发生。战争以英国的胜利宣告结束，从而国际茶叶贸易也由英国垄断，1669 年英国东印度公司获得政府授予茶叶专营权。马克思在《资本论》中说，这个公司除了在东印度拥有政治统治权外，还拥有茶叶贸易，同中国贸易和对欧洲往来货运的垄断权，由于进口茶叶成本昂贵，英国加重征收茶叶赋税，1773 年作为英属殖民地的美国波士顿茶党，将停泊在港的东印度公司船上茶叶倾入海中。这件事成了美国独立战争的导火索。但是事隔十一年后，独立了的美国派出第一艘"中国皇后号"快船驶向中国，从此武夷茶进入北美市场。有资料显示，鸦片战争前的八十年间，仅广州港就有五千一百多艘外国商船前来交易，载着从世界各地掠夺来的白银黄金抢购中国的茶叶，瓷器和丝绸。根据邹星球先生的计算，武夷红茶在 18 世纪末出口最高年份达到 60 万担，加上其他产区的红茶最高年份达到 165 万担，每担大约可售 30 两白银。茶叶贸易给大清帝国带来巨大财富，因为要求采用白银交换，以致外国商船驶往中国装载的百分之九十都是白银，当时世界上百分之八十的白银都聚集在中国，一度曾出现不可思议的钱贵银贱现象。英国为扭转巨大的贸易逆差，遂生产鸦片，倾销中国。中国奉献给西方是有益身心健康的茶叶饮料，换回的却是有毒罪恶的鸦片。理所当然遭到有识的中国人的抵制，林则徐虎门销烟，堵住了英国人的财路。于是爆发了鸦片战争。战争结果是中国战败，五口通商。其中福建占了两个口岸——厦门和福州，这是英国人最希望得到的，因为这样便可以控制武夷红茶出口。不过对于英国人来说，这还不是解决问题的根本，因为武夷红茶价格之高高于黄金。当时流传喝杯红茶，要掷三块银圆。1745 年 1 月 11 日，瑞典哥德堡号从广州启程回国，在距离家乡大约 900 米的海面上透明礁沉没，损失惨重。后来人们从船上捞起 30 吨茶叶、80 匹丝绸和大量瓷器，在市场拍卖后竟然足够支付“哥德堡号”广州之旅的全部成本，甚至有所获利。于是，英国成立茶叶委员会，着手在印度发展茶业种植和加工。不过始终没有成功，他们生产的茶叶质量太差，根本无法与中国红茶匹敌。但是，从 20 世纪下半页起，印度开始大量出口红茶，到 19 世纪初印茶输出首次超过中国，相当于华茶出口的一倍，到了 1918 年中国红茶占世界茶叶市场的份额已下降至 7%。这背后究竟发生什么？是什么原因终结了世界茶叶市场清一色中国茶的历史？《参考消息》登载的法国 2002 年 3 月出版的《历史》月刊披露了一个惊天秘密：英国罗伯特·福琼当年窃取了武夷红茶制茶技术。这位英国人的合法外衣是植物学家，他曾多次到过武夷山，采集过 100 多种西方所没有的标本送回国。他对武夷九曲风光十分迷恋，曾绘有一图在国际植物学杂志上破例发表。东印度公司为了攻下红茶的技术难关找到了他。每年 500 英镑的诱惑，终于让他撕下绅士的外衣，充当起经济间谍的角色。从东印度公司的资料中发现，福琼于 1849 年 2 月间又秘密潜到武夷山，了解了红茶生产的过程和核心技术，并招聘 8 名中国工人，于 1851 年 3 月 16 日乘坐一只满载武夷茶种和茶苗的船只抵达加尔各答，经过三年的努力，终于在印度成功制作出武夷红茶，至此，被称为“近五千年历史的诀窍”武夷红茶种植加工技术流传到海外。武夷红茶一统天下的风光于是不再。

武夷红茶又红起来，是在21世纪初，尤其被国内茶客普遍看好，2009年的春节，价格不菲的“金骏眉”居然断货。品饮红茶总是充满着优雅时尚和诗情画意。或凭栏举杯，或对月端盏，你的心中便会远离客套寒暄中的暗藏玄机、觥筹交错里的刀光剑影、歌舞升平间的逢场作戏，人世上嘈杂与浮华都成为淡淡的过去。唯有手中的这樽红茶清醇动人，那梦幻般色彩仿佛春天的花，少女的唇，生命的翅，无穷的媚。然而如此高贵的红茶并不被制作者本身宠爱。武夷山有句话：“武夷山有一怪，正山小种国外卖。”专家在调查时奇怪发现“产区农民生产红茶而又从不饮用红茶”。其原因何在？是不习惯饮用这种另类茶叶，还是“卖油娘子水梳头”的俭朴使然？我想起了武夷红茶初入英伦三岛时的风波。当时英国朝野之间对茶分歧十分尖锐，反对者认为茶不利于健康，而且是奢侈品，清教徒说不如把喝茶的钱用于慈善事业更为博爱，英格兰甚至出现清除“茶的威胁”的声势浩大的国民运动，英国自由党人讽刺对手鲁利勋爵就用茶作为武器，“茶叶色色，何舌能辩，武夷与贡熙，白毫与小种、茶熏芬馥，麻珠稠浓”。这种争论直到工业革命全面完成，农民工人收入显著提高，红茶从皇室的特饮变成大众饮料而普及，“旧时王谢堂前燕，飞进寻常百姓家”，红茶极其高雅的文化才被社会所普遍接受。由此看来，唯有国运兴，才能红茶兴，盛世才饮红茶。

附录

# 为闽北大地立传

## 石华鹏

张建光先生即将出版的散文集《千古风流》，透出一股大气势、大气象。千年的时空流转，千年的文风史迹，评说慨叹，江山指点，全汇聚于一个人的“私想”之笔端，其气势、其气象不可谓不大矣。

《千古风流》塑造了一个立体纵深的闽北：地域的闽北——描摹闽北十县市区的地域魅力，辑成“十方形胜”；人文的闽北——追溯人文大家的历史踪迹，辑成“千古风流”；精魂的闽北——探究闽北大地的精神魂魄，辑成“九曲流觞”。千年过往，有多少文字描述过闽北，我们不得而知，但是在繁盛的今天，有这样一部厚重的《千古风流》穿越莽莽武夷山脉呼啸而来，它吹来的是一股什么风呢？我以为，是一股澄明的山水之风、厚重的文史之风和虔诚的慎终追远之风；也可以说，它是发端于文学源流《诗经》之“风雅颂”的“风”，一种汇集地方万物——山川、人物、哲思——的文学表达之“风”。



正因为有了如此大气势、大气象，所以这部“千年文史私想录”的书便有了大野心：为闽北大地立传。

自称“非土生却是土长的武夷山下人”的张建光先生视野开阔，见解独有，文辞卓美，尤其他对闽北之地的爱恋，融结于形神兼美、情意兼收的文字中，感染着闽北之外的读者我。我以为他为闽北立传的写作野心是实现了的。

为“十方形胜”述志。闽北有二区三市五县共十个县级区域，张建光先生将其一网打尽，为每地书写一“志”。建光先生很“精明”，他没有写成那种包罗万象的地方县志，也没有写成走马观花的游记，而是动用作家的千秋笔法，摘取有意思、有韵味的内容，经过缜密的概括、提炼之后写成文化之“志”。每一地的地理形制、历史轨迹、人文风貌等都成为他叙述的对象，但建光先生更像一位拥有炼金术的勘探者，他精挑细拣，避轻就重，虚实并进，去发现一地最具生命力、最吸引人的地域特征、文化特征，然后用美妙的文字呈现出来。有发现才有价值，文字也是如此。张建光先生的发现终究是耐人咀嚼、给人收获的，他发现了延城有水的道性，发现了芝城弥漫着母爱的气息，发现了熊城的英雄气概，以及江淹的梦笔生花、潭城的芬芳、闽越的风流。

可以说，这种为地方述“志”的方法也算精妙之笔了，一地一重点题旨，纵横叙述，文雅大方，避免了因面面俱到而显得浮光掠影，避免了因浮光掠影而人云亦云最终丧失文字的魅力。这十篇文章中，有几篇堪称上等之作，比如《延城之水》《熊城之雄》《江淹之花》和《闽越之风》等。

为“风流人物”立传。闽北的历史大名人太多了，有文化圣哲、学问大家、开疆始祖等。尽管斗转星移上千年，但今天他们的名字，如杨时、游酢、李侗、朱熹……依然如璀璨的星光闪耀在中国文明的天际。名人多，名声大，写他们的人也多，历朝历代都有传记，所述内容有的真实可靠、有的牵强附会、有的谣讹难辨。如何在这些纷乱的叙述中走进大人物的内心世界和学问世界，这是今天的立传人所要解决的问题。从张建光先生一篇篇独到的“人物传记”中我们发现了他的立传方法：考证辨析、实地感受、揆情度理。《杨时之寿》，建光先生从杨时的高寿入手，由表及里，论述了“杨时高寿的密码，那就是一个字，‘仁’”。人寿与学问，合二为一，为读者刻画了一个本真的杨时："杨时刻意追求洗尽铅华、温柔敦厚的平实风格，还事物于天生丽质，还人情感于本真，真正进入仁者大美的境界。"其实这境界不仅属于杨时，而且属于古老中国的伟大文人。《游酢之雪》，通过考证辨析，廓清了发生在"程门立雪"当事者身上的那场"疑问之雪"，与其说在辨"雪"，不如说在为游酢鸣不平，不如说在为儒理文化正名。我聆听过张建光先生讲述朱熹，讲得甚是好，我以为建光先生是真正懂得朱熹的学者，他对朱熹学理的理解、人格的分析精湛到位，他对朱熹的崇敬之情渗透于言语、文字之中，所以他关于朱熹的系列文章都是值得称道的，比如《朱子之像》《朱子之歌》等。

为闽北大地立心。所谓"立心"，即为万物找寻精神魂魄。说过"为天地立心"之话的张载将"立心"解释为"万物生生之心"，意思是天地万物生生不息的"仁理"。"仁理"可理解为"精神魂魄"。那么，本书在描述闽北地灵和人杰之后，便开始探究其背后所蕴含的精神魂魄：是什么力量赋予了闽北如此魅力？这探究的过程即是为闽北大地立心的过程。



建光先生用他透彻的阐释，为我们揭示了闽北大地的精神密码：是谜一样的山——《山之谜》讲述了武夷山是迷人的，也是如谜一样的博大和神秘的，它孕育着闽北万物，也包容着儒释道信仰，更是启迪和见证了朱子理学的创立；是道之南移——《道之南》剖析孔孟之道南移，理学荟萃、浸润闽北；是古闽越国的雄浑之气——《国之殇》重温古闽越国的诞生、繁华、衰败的历程，慨叹闽越蛇的图腾暗示着龙的新生；是汲取山水灵气的茶——武夷山岩茶、政和白茶、桐木关红茶等，是闽北的骄傲，《茶之白》《茶之红》讲述了茶的神奇吸引力。

可以说，山的博大、理学的浸润、蛇的图腾、茶的滋养，让闽北大地拥有了生生不息、文风昌盛的精神魂魄。我以为建光先生的论述是精妙而准确的。

2016 年 6 月 5 日于福州金山

# 张建光散文创作研究

李雪雪

## 引　言

张建光是中国当代文坛上为数不多的既从政又为文、具有微妙身份的作家之一。醉人的武夷山水美景使其工于创作，有感而发；丰富的人生阅历使他拿笔运起了自己的心灵，缘事而作。在武夷山任职的十余年里，他先后出版了四部散文集：《浪漫山水》《朝圣山水》《欧风美雨》《涅槃山水》，且都是严格介于日常工作八小时之外完成的。张建光的散文以诗、史、思融会贯通的方式来展示武夷山水精神，在诗情画意中暗含清晰的文脉，让人从中彻悟武夷，了解到武夷山的古往今来，感慨她的深远厚重与博大精深。只有掩卷四部散文集，才会对武夷山有全新的横、纵向认知，并最终体悟到作家的良苦用心。

张建光情倾武夷山水，心系一方百姓，相知、相惜于闽北武夷的点点滴滴。他长于斯、学于斯、任职于斯，武夷山给予他美的启迪、灵感的触动，他也力争穷尽毕生精力去描摹武夷之自然与人文之美，将自己所熟知的有关武夷山的一切都记录在案——这不仅是对后人和游客的一种交代，更是对自己心灵的一种释然，只因太钟情于这方水土！

张建光的散文行文格式灵活多变、题材广泛，从武夷山日常生活中司空见惯的“斗茶”习俗到出国考察的见闻、从自身对亲情的感悟(《浪漫山水》中的《母亲我还要对你诉说》)到对武夷古今政庶儒雅的情感分析，无不流露着作家的真性情和深刻悟性。著名学者汪兆骞在《涅槃山水》所作的序言中曾这样评论张建光的文章：“以哲人的眼光和诗人的情怀讴歌武夷山壮美的历史，礼赞武夷山绚烂的现实。”他拥抱自然、寄情史实，文章中常引经据典、韵味丰富，令读者在散文阅读途中领略考据的深远意义并获取更多的史料知识。

文章拟从张建光散文创作背景开始，对散文的主要内容加以概括并从中提炼主题，阐述作者在为官兼为文中的创作主旨及理想追求。由于种种原因，张建光在中国当代文学史上很少被提及，读者对他也是知之甚少，故文章将通过对张建光散文创作研究来挖掘其散文创作的独到之处，借用散文艺术论和美学原则来管窥其散文作品中的乡土情怀、环境意识和文化脉络，分析其在散文创作中所表现的艺术风格，进而揭示张建光的散文创作在当代文坛及政坛中的重要启示意义。



## 一、张建光散文概述

“建光先生生于二十世纪五十年代，知识分子的家庭背景和上山下乡的曲折道路，熏陶、培育乃至砥砺了他的才情。……在官场诸公纷纷以文学为雕虫、为不务正业的世风下，建光纵有李杜韩苏之才，也只能悄悄埋藏心底。直到有一天出任武夷山市长，才又义无反顾地拿起了笔。”这是著名散文作家卞毓方为张建光的《涅槃山水》所题的序言中提到的。由此可见，张建光是从小就有写作愿望的，只是因外界客观环境的束缚迟迟未有施展的机会。

### 张建光散文创作之路

古人云：“情以物迁，辞以情发。”武夷山水妩媚多姿、武夷山人含蓄性灵、闽北历史悲壮豪迈……长期生活在瑰丽武夷山水的大环境下，张建光也备受熏陶，终究忍不住拿起墨笔将自己的见闻感触书写在案。

关于自己散文创作的原因，张建光在第一部散文集《浪漫山水》的后记中有文本详悉："来到武夷山竟鬼使神差般重新拿起笔来，不顾眼高手低，大家笑话。个中原因有三：报到前，市委书记找我谈话，其中一个就是要多研究武夷山，更好的宣传武夷山。为了不致以己昏昏使人昭昭，只好读山读水读文章，而好记性不如烂笔头，于是弄笔。此其一。武夷山水浪漫，文采激扬，'未到名山梦已新'，何况朝夕厮守这方圣地，这笔怎禁得住？真应了郭沫若先生'不会题诗也会题'。此其二。业余时间我与同事们交谈最多的话题是文学。又因朱谷忠老师介绍，加入了省作家协会，在许多文友的督促帮助下，我不得不奋笔疾书。"可见，张建光写散文是在主客观条件成熟的基础上实行的，是有着难得而又必然的契机的。

"散文作为文学的一种样式，它是一种创造，也应是一种道义。建光善于捕捉历史和现实的重大事件并有足够的学识和思辨能力予以掌控和叙述，其散文足以让人寄予厚望。"确实如此。张建光选择了厚积薄发的散文文体，细数了武夷山的生存状态，绘制了武夷山蓬勃发展的前景蓝图，颇具"先天下之忧而忧，后天下之乐而乐"的胸襟抱负。

## 朱熹理学思想对其文学创作的影响

武夷山是朱子理学圣地，朱熹的理学思想深入人心。张建光原本就是哲学出身，对中国传统哲学早已有过相关研究，理所当然地，他的思维与创作难免会受到朱熹理学的影响。

生活是思想的根基，环境是思维的先驱。生活在特定的区域，当地的人文历史、价值观念将会潜移默化影响着个人的处世态度与为人品格。武夷山是朱熹的故里，朱子学于武夷、任教于武夷，大半生的著书立说生涯也于此地完成，迄今武夷山中仍有随处可见的朱子手记和与之相关的摩崖石刻。“中国古文化，泰山与武夷”，以朱熹为主的理学思想精华缔造了武夷山的文化遗产，深刻影响了武夷山人的精神面貌与生存态度。长期生活于此的张建光则必然也会受其思想影响。

张建光插队、入师专学习，以及后期的十年任职也是执政武夷山，心系武夷山的方方面面。因而，张建光必然对闽北有着不同于普通人的见识，再加之所接受的哲学理性的熏陶和武夷山理学思想的沉淀，张建光获取了思维的源头活水，并将其运用到自身的文学创作中。“能不能这样说，不解朱子理学，难识中国文化面目，更无法破译武夷山水人文。”可见，特定环境下的朱熹思想对张建光文学创作的影响之重。



张建光的研究生论文做的是《朱子理学的批判与弘扬》——这足以证明他对朱熹的思想精华已有深入研究，朱熹的哲学及其他思想也深刻影响了他的文学创作。譬如论文中阐释的朱熹思想中的“格物致知”认识论，其中不乏自身的世界观与处事之道，最重要的是，他也把这种感悟运用到了自己的文学创作中。如散文集《欧风美雨》中多以辩证眼光看待中外两种截然不同的环境意识，并善于从中分析现象本质，力图找到保护武夷山水的根本措施，真正实现文学为生活服务的目的。

学术氛围浓郁的环境能使多种思想激烈碰撞，引发作家创作热情；武夷山水性灵神奇，另所居者才思敏捷、文采激扬——此为张建光文学创作的充足客观条件；怀揣一颗写作的痴心，自身有着强烈的创作欲望，此为张建光文学创作的必备主观优势。环境及多重因素在具体时空下交融，玉成了张建光的文学创作。

## 从政与为文的兼顾

从政之人心系的是一方百姓的安居与乐业，劳心的是当地古往历史的经验借鉴与政治策划，当然最劳神的莫过于统筹全局以不断推进区域经济发展与改善民生以及提升文化品位。正是在张建光的任期内，武夷山申报“世界双世遗地”获得成功，这对武夷山乃至闽北地区的旅游及相关产业的发展都是一次翻天覆地的大改革、大促进。自“双世遗”的标识敲定之日起，武夷山的蓝图就已绘成。从地方官员的政绩来看，张建光无疑是位执政有道的官场政要。

为文的人饱读诗书、视野宽广，多在生活中流露出细致情感，善于捕捉生活中的物象特质并以特有笔触呈现出来。张建光的作品不拘泥于固有形式，以散文的洒脱笔法将武夷山从大千世界里标榜出来，让更多的人了解她、熟知她。此外，还以考据理念把武夷山的古往今来与文化魅力呈现给世人，让读者在散文的陶冶中获取心灵的净化与提升。

“知性重客观，感性重主观。知性重分析，感性凭自觉。知性要言之有物，持之成理，感性要言之有情，味之得境。散文佳作往往能兼容二者，而使之相得益彰。”从为官的知性与为文的感性这点来说，张建光的散文既有哲学的思想高度，又有文学意识的深度，写出的作品也必然是思辨性与文学性的统一。这个观点，在张建光散文里也有反映：“革命者有至善至美的奋斗目标、永远年轻的火热情怀、刚毅不拔的顽强性格、匡扶社会的优良品德，拥有一般文人所没有的社会经历和体验。他们眼中和笔下的自然人文往往具有历史沧桑般的深刻、浪漫而不乏理智的生动、独到又具有普遍的思辨色彩。”

不仅张建光本人意识到了自身文学创作与从政经历的兼顾统一性，我们读者更应以这种态度来看待其创作及作品。因忙于公务，张建光的散文作品数量有限，广度尚待拓展，但这并未影响到其散文作品价值。结合张建光的所有散文集，早已将人格与文格在素笺中水乳交融、紧密契合，实际上也构造了新型的官场人格。

## 二、张建光散文内容

张建光的散文内容丰富，容量宏大，涵盖人文、自然、经济、政治等多个方面：追忆伟人政要与抚昔思今、品藻世事与忧患反思等。研读完四部散文集，可感受到其文本丰富的知识与深刻的主题，深化一层面说，可清晰领悟到作家的品格精神及艺术涵养。文本主题由内容提炼而来，是对内容的概括与升华。张建光的散文文本主题主要包含乡土情怀、环境意识及文化脉络。

### 写武夷关联之人



写人的作品贯穿在张建光的四部散文集里。其中第一部《浪漫山水》里的第二辑“山野清风”写了他原来工作那个山区县平凡却不平庸的、普通却又特殊的几类人：有援藏干部张泽和——这是一位怀揣爱国亲民热情的本土政和人，秉承一贯服从组织的优良作风主动申请援藏，在默默无闻中担起团结同胞、共同发展的时代使命；有因时代问题来到山村的女知青张倩玉——在十年“运动”中，她随有历史问题的父亲来到大山里，当日子刚从苦涩煎熬转色到清贫相安之时，她却又因命运急转面临两难选择……感人肺腑的《山村里还有一位女知青》，刻画了动荡时代的典型人物，记叙了知青在新故乡的精神历程，传递着知青与南坑土著的深厚情感。

鲁迅在《穷人·小引》里说：“……写人物，几乎无须描写外貌，只要以语气、声音，就不独将他们的思想和感情，便是面目和身体也表现着。”“显示着灵魂的深，所以一读那作品，便令人发生精神的变化。”正如《欧风美雨》中的《土生川君》，作家仅仅是通过在拜访高野山金峰寺时对土生川君的接待表现就可以把他的日本青年形象置于书前，寥寥数笔便神情毕肖。并结合中国传统诗书礼仪赞颂了土生川君的谦逊谨慎与致志于学，塑造了一个令人钦佩的外国友人印象，不禁使人耳目一新，拍手称赞。

作者写人的作品还集中在《涅槃山水》里。《涅槃山水》的成书跨了三四年时空，张建光在书中细腻描绘了武夷的山，真情点缀了武夷的水，但着重落笔的却在武夷的人身上：有与武夷山有关的伟人政要，更有缔造武夷红色革命历史的平民百姓。“正是他们用生命和智慧、用汗水和鲜血护卫一草一木，传承文明薪火，涅槃这番山水，让武夷山成为浴火的凤凰，焕发出无限生机和活力，把一个崇山峻岭偏安的农业小县梳理成世界为数不多的自然、文化双重遗产地，中华十大名山之一。”这部散文集记叙了平凡武夷山人的不平凡历史，热情讴歌了武夷人前赴后继的大无畏精神，即武夷之魂。

## 记典型深刻之事



“记事，就是要抓住事件发展的线索，按时间、空间或事件推移的顺序，清楚、简洁地进行叙述。”张建光的《涅槃山水》即为最典型的叙事散文集。正是通过研究各种党史资料与考据历史，张建光将闽北区域的革命历史以时间和空间线索分别予以梳理，或对某个、某组人物的革命历程展开叙述。《浴血赤石》一文，开篇点明赤石暴动的发生，接着以时间倒叙方式展开画面，具体叙述了大环境下的闽北红色革命背景和赤石暴动前期各共产党员的心理与行动准备，篇末又重新回归到暴动的激昂场景，令人心潮澎湃、慷慨奋发。整个事件承接有序，叙事线索井然有序、清晰明了。

“游记，是记叙旅游过程中的所见所闻和独特感受的一种美的散文。或记游踪，或描地域；或剪山水，或拍人情，或摄习俗；或赏名胜古迹，或睹建设新貌……点点入画，奇丽多姿，使人在广袤世界中领略异域风光，广闻博识，接受美的熏陶。”《欧风美雨》是张建光的海外游记散文集，他借出国考察之便，以其敏锐的洞察力和深邃的思索能力录其所见、述其所思、抒其所感。以“澳洲散记”中的《亲吻大堡礁》为例，作者一行先是“乘坐高速游艇来看大堡礁中罕有的‘纯’珊瑚岛”，海底的颜色“有的深蓝，有的淡绿，有的呈现蓝向白褪去的颜色”；继而是在凯恩斯的海下“潜泳”，“潜到海底，只看到一两处珊瑚，呼吸便感到困难，大口喘气，海水又一下涌到嘴里，呛一口死咸死咸的”；当尝试了多种方式都无法看到海底珊瑚时，最终还是采用了乘船的形式：“船向大海驶去，船下异彩纷呈。这边珊瑚丛像巨大翡翠玉扇，扇起一海的波动；那边珊瑚丛像怒放的花朵，激起层层浪花。这边珊瑚丛似玲珑剔透的象牙白塔，那边珊瑚却似玉宇琼楼。”人生能走的路是有限的，但多读书却能带领自己走向广阔的世界。张建光的游记散文将欧美多国的绮丽风光尽收笔下，指引我们去认知外界的无限未知。



## 绘武夷自然之景

武夷山水人文天造地设，秀得鬼斧神工、美得令人惊叹。身处人文与自然俱佳的武夷山下，长期接受美的熏陶，必将给人灵感的触动。张建光的散文中最不乏的就是写景作品了。

《朝圣山水》中的《九曲至一曲》是作者从星村码头登筏顺风顺意、放舟九曲的一路棹歌，是对武夷山水精华的描摹涂彩。九曲处，“古人从仙境中淡出，今人向画意中行去”，是为山水转缘、情感转弯之始；八曲是母爱的世界，“一则柔柔的叙述，道出了人性共同的情感，碧水丹山间爱的暖意四处泛起”，是为寻觅本真人性之曲；七曲山临水而立，水绕山而行，“曲曲山回转，峰峰水抱流”，行云流水、泉歌鸟鸣、雾锁峰腰、雨罩群山……是为山水相谐、瑰丽神幻之来处。六曲的一泓清溪交响着的是下城高岩的摩崖石刻，有神仙方家的隐晦教义，更有朱老夫子的谆谆教诲，是为思想凝结之地；五曲为武夷精舍圣境所在，“相对山水桑田而言，只有文化才能直达永恒”，是为文化苦旅在武夷山的悠哉反面；“四曲寻真别有幽，小溪曲曲九相侔”，“应接不暇”的传闻题刻是为“沛公之意不在酒”，在乎山水秀色也！三曲峰回溪转，岩壁藏迷，“架壑船棺”是意义深远的文化遗产，给游往者无限探秘遐想；二曲则为武夷山遥播海内外的标志，娟媚玉女，雄武大王，仙境武夷，金风玉露，是为人神共说的一段凄美传闻；一曲下，古往今来的幔亭过客均受赐于山水的恩惠，带着对武夷山水的无限眷恋迟暮登岸，此中，净化的是心灵，沉淀的是感悟……

《九曲至一曲》是其书写武夷美景中的华章，气势恢宏，如音乐般美妙有韵感。正如有位好友在《浪漫山水》中的序言所述：“抒发了自己对武夷山真山水、真文化的一份真感情和真知灼见。”



## 状武夷独特之物



读过张建光的《金斑喙凤蝶》，从此对她便难以忘怀。张建光的状物散文将这一珍稀物种广泛地推广出去了。文章中并没有对金斑喙凤蝶外观及形态特征的描写，仅仅是通过对她宁为玉碎的物种品格与贞于纯洁精神的数笔刻画，便将武夷山的罕有珍稀与山水之魂交融地浑然无间，并将其品行推崇到极高的思想价值位置：“好一个中华五千年文化之蛹蜕变出来的精灵，好一朵无愧于中华民族的国花！”

《朝圣山水》中有《中国茶经》的记载：“武夷山不独以山水之奇而奇，更以茶产之奇而奇。”沓至武夷山，难免要接触到此地的茶文化，张建光更是煞费苦心地将一番笔墨留与了岩茶，向世人解说、传达了武夷岩茶的韵味与精深。《岩韵》一文，引据各类地方志中的资料，将武夷岩韵在世人心中的认可地位重新搬入书笺，颇具说服意义：“就是这番奇特岩韵的武夷茶，倾倒了皇家宫廷，享誉于朝野，为名家和百姓所津津乐道。”《叩访大红袍》秉着对武夷大红袍的朝圣心灵，运用第二人称写法将常人难以寻见的珍稀茶种拉入话谈，“终于立在山下仰望着你，这高度是你让我感受到什么是华贵和威严”；作者以简单的笔触将与之相关的美丽传闻及其在山水滋润下的岩骨花香品格独秀于世人，令人遐想无限、浮想联翩。

## 三、张建光散文主题

“主题是通过人物和情节被具体化了的抽象思想或观念，是作品的主旨和中心思想，往往可以用名词或名词性短语来表述。”张建光的散文主要体现了以下几种主题：

### 浓郁的乡土情怀



“乡土”即意味着作家的文学创作是独具地域特色的，是有着自身独特创作个性的。周作人曾首次倡导“地方文艺”，要求作家“自由地发表那从土里滋长出来的个性”，“我们所希望的，便是摆脱了一切的束缚，任情地歌唱……只要是遗传、环境所融合而成的我的真的心搏……这样的作品，自然具有他应具的特征，便是国民性、地方性与个性，也即是他的生命”，“须得跳到地面上来，把土气息、泥滋味透过了他的脉搏，表现在文字上，这才是真实的思想与文艺。”张建光是武夷山下孕育出的闽北区域散文作家，其创作也必然会融入闽北特有的精神风貌与人文性情，具有浓郁的乡土情怀。

“家园情愫”是旅游理念下的产物。随着国家社会经济的发展，越来越多的国民倾向于外出旅游，领略异域风情、感受“陌生地方有风景”的雅趣。但张建光的旅游却多是与境外考察关联极大。《欧风美雨》中，他的所行之处与所见之景都在与武夷山做着对比：《又见九曲》是作者在旧金山看到的花街，“一条街道被剪裁得弯弯曲曲，弯曲之处尽是各个园林组团”，“武夷山九曲和旧金山花街九曲景象此刻在我眼中时而分离、时而叠加。一个是鬼斧神工出自天然，一个是巧夺天工人力所为；一个是清纯朴素如村姑淑女，一个是装扮入时如摩登女郎；一个是九天仙境在人间的复制，一个是自然美景在都市的翻版。她们都昭示一个真谛：人类需要美、保护美、创造美！”怀揣武夷乡土热情，所见所思都会以武夷山为参考物，并努力学习参考其他事物，希冀自己的家乡可以建设得更美好——这即是对本土的无限热爱与深切热忱！

“儒雅名家”是张建光笔下的一组武夷人文，是其乡土情怀的重要表现方面。张建光借用朱熹思想中的传统文化精华、浪漫才子柳永宋词给人的唯美感受来正衬武夷山文化遗产的深远与厚实，带读者一同感悟闽北文化的博大精深。此外，正如前文所言，张建光在《涅槃山水》中塑造了一批闽北红色革命军和与武夷山有关的领袖名人，当然也不乏一些名不入传的“十品”村干部——从中不难发觉张建光对本土历史的泣血探究，对这片土地的深沉爱恋……

## 强烈的环境意识

环境意识，“从狭义上说，是对大自然价值及其自然有关的人类行为的价值的认识。从广义上说，则还包括随人类创造的物质型历史遗产的价值及与之相关的人类行为价值的认识”。张建光身处为官与为文的双重境界中，其作品在写景状物之中重重地添上了政治角度的环境墨笔：挚爱与赞颂武夷山优美的自然环境，观照与反思武夷山的生态文明，希冀与宣扬武夷山的环境保护。

《朝圣山水》中的《横看武夷山》一文重申了武夷山自然遗产方面的优势之处：“武夷山是代表生物演化过程及人类与自然环境相互关系的突出例证，要不教科文组织怎能在一九八七年将武夷山列为国际生物圈保护区的成员；武夷山是全球生物多样性保护的关键地区，是尚存的珍稀、濒危物种栖息地；是植物的‘天然避难所’，是珍稀野生动物的基因库，是世界著名模式标本产地。”“武夷山具有独特、稀有、绝妙的自然景观，属罕见的自然美地带，是人类与自然环境和谐统一的代表，其中典范是九曲溪，要不你可身临其境，观察其峰岩高低、河床宽窄、曲率大小、水流缓急、视域大小、视角仰俯，都达到了最佳比例和绝妙的程度，你可以找到她的形象美、色彩美、听觉美、动态美、朦胧美，最终形成天人合一、浑然无成的和谐美感。”张建光如此推崇武夷山，不单单是阐述她的独特自然美，更是为了让更多的人了解武夷山，认知到武夷山的绝无仅有及其生态保护的重要性、急迫性。往深远处看来，即有利于加速武夷山申报世界遗产的进程，更有助于深化全球环境意识，有助更好地保护武夷山，更有效地维护世界遗产。作家真可谓用心良苦了。

除了作家字里行间透露出的强烈的环境意识外，张建光还引据历代伟人领袖对武夷山的环保指示，以印证武夷山所承载的历史使命。《一泓碧绿》中，“毛泽东同志挥手，‘今日向何方，直指武夷山下’；邓小平同志批示，建立武夷山自然保护区；李先念同志下令‘山不能破坏，水不能污染’；朱镕基同志要求种树绿化；李瑞环同志指示，‘环境保护就是效益’……”篇末更是从一方官员的思想高度出发，发出了强烈的环保号召：“如果说绿色总是与春天、青春，甚至生命相连，那么就让我们以生命的名义、青春的名义、春天的名义向历史和未来保证，武夷青山常在，九曲碧水长流。”张建光的武夷生态文学作品不同于一般的写景抒情散文，其中更多的是对这方水土的观照、忧心与责任，饱含广义上强烈的环境意识。



## 清晰的文化脉络

“注重文化线索”是张建光对自身一贯山水写法的概括。文化的涵盖面比较广泛，包括政治、经济、历史、文化、社会等万物万事，“注重文化线索”即是在写作中注重事件的由来、人文与自然发展的大背景，赋予景、情、人、事以厚实的文化基础，着力探究文化在其中的重要意义。

武夷山是朱子理学的摇篮，是东方文化的发源地之一，与之相关的一系列文化印记比比皆是。正如《横看武夷山》里张建光对武夷真文化的思索："白衣卿相"柳永的不羁洒脱与半痴半狂、永乐禅寺禅味深远的暮鼓晨钟、止止庵里白玉蟾的祥和瑞气、拜伦和范仲淹追捧的武夷奇茗、漫山遍野教义深远的摩崖石刻等——此类诸种都是对武夷文化线索的追踪与溯源。武夷人文与山水是水乳交融、浑然天成的，山水以文化为根基，源远厚重；文化以山水为载体，性灵多姿。

张建光认为："所有的景观一进入人们视野，就打上了人类文化的烙印。"作品具有清晰的文化脉络，亦能引导读者拥有清晰的逻辑思维；注重文化脉络，能使作品内容沉淀有料，厚重耐读，使文学的社会效益事半功倍。张建光的作品多是以哲人的眼光来洞察武夷山的点滴文化，以知性客观的角度来分析文化，更是以文化传承的视角来弘扬文化。

## 四、张建光散文艺术风格

"风格，指散文家的创作见解在作品的思想、题材、构思、技巧、语言等方面显示出来的独特的个性和艺术特色。风格的体现，是整体的，不是单一的、孤立的。所以，风格实为散文家内在的思想感情透过文字的表达而构成的一种属于自己的特殊的格调。"张建光正是以其成熟的作品风格向我们展示了一个非凡的艺术世界，体现了他独特的艺术追求。从整体上说，张建光的散文基于生活、反映生活，以其自然随意的文章架构和饱含哲思性的作品思想塑造了真实的武夷山水人文，其散文具有独特的艺术魅力。

### 景与情的真实性

实景的描摹武夷山水物象实实在在，不需丝毫的吹嘘捧夸已是美不胜收、令人艳羡；张建光的散文作品毫无夸饰渲染，仅仅使用白描手法，武夷的美早已跃然纸上。再读《九曲至一曲》，依旧慨叹于作家的大笔如椽：曲曲流至，曲曲描摹，将武夷竹筏漂经各处的美景逐次记录，仅适当引用诗词佳句，绘景画物，便成就段段美文。又如《紫阳莲花》："紫阳莲花，田田绿叶罗盖十里，朵朵莲蓬万方舟楫，以武夷山三三秀水、六六翠峰为背景又使它们锦上添花。白墙青瓦的紫阳楼，置身红花绿叶之中又让紫阳莲花更具理性和非凡的色彩。"读过这里，脑海里涌现的必是"接天莲叶无穷碧"的场景，让人再现曾几何时游玩五夫的心旷神怡之感。追随张建光的笔迹，再饱览书籍里的高清真景插图，还是令人忍不住对胜地心驰神往。

真情的流露仁者乐山，智者乐水，乐山乐水者是为仁智之人。游武夷山水、品武夷人文、述武夷真情。生活在仙境般的人间天堂，长期享受美的熏陶，所思、所想与所述都无须含蓄掩饰，仅需一椽画笔便情感如注。《九曲至一曲》中有曰："不管古今上下，性格情趣迥异，但对这方山水的朝圣，接受了武夷山水的洗礼，从此心中一定会像王维与他的辋川山庄、苏东坡与他的大江赤壁、朱自清与他的月下荷塘、夏丏尊与他的白马湖一样，生命里便有了清灵九曲!"理趣承接自然而然，情感抒发洒脱随性，只因饱含真情、真挚流露。



### 形式的多维性

作品的形式是作家情感表达的载体，不同的创作形式决定了作家如何在行文中表达自己的观点，在某种意义上，创作形式凝和了作家情感追求和艺术追求。

秦牧曾经说过："散文是一种海阔天空的艺术。"这不仅是指散文创作范围的广泛，形式的多样，内容的丰富多彩，同时也指它的题材可以海阔天空。"丰富的人生阅历使张建光的散文具有开放的写作视角和极强的写作能力。

广泛的题材。身为一方官员，张建光已经把尽可能充裕的时间置于写作了，散文这种具有“举凡国际国内的大事，社会家庭的变故，掀天之浪，一物之微，自己的一段经历，一丝感触，一撮悲欢，一星冥想，往日的凄惶，今朝的欢快，都可移于纸上，贡献读者”的优势的文体，很契合他的创作需求，他也在日常的生活感悟中笔耕不辍地随时做着记录。统观张建光作品的创作形式，有从大处着眼对国内外环境方面的观照与反思，有对闽北红色革命历史的考据与重申，有游玩武夷山时发出的慨叹与赞颂，有日常生活中点滴的所思与所悟……《欧风美雨》这部散文集中，张建光毫不拘泥于创作的题材与选材，而是如行云流水般以手写心：感受到了欧洲货币流通的弊端，于是发出“盼欧元”的感慨；了解到今昔罗马的迥然与时过境迁，忍不禁深思长叹；至澳洲，则乐在其畜牧业与海产品的美味享受；掠影美国时，则究于移民的“淘金精神”……张建光的散文没有故意雕饰的痕迹，而是在随意性的选材创作中与读者沟通交流。因而，他的作品并未被人束之高阁，反而因贴近生活而深受读者喜爱。

多样的手法。“大山和历史，构成了建光散文的叙述和灵魂。这些长短不一，风貌不尽相同的作品，或以叙述见长，或以抒情出彩，或以议论显功底。建光娴熟地运用和融合了游记、随笔、速写、通讯、评论等形式，纵观历史，指点江山，情系沧桑。”张建光的散文不仅形式灵活，而且手法多样。他的散文通常是以第一人称写法来写作者本人的见闻和感悟，熔记叙、描写、抒情、议论、说明于一炉，来表现一定的主题思想。此外，也有使用第三人称写作手法的文章：《浪漫山水》里的《山里还有一位女知青》已超越时间和空间的限制，自由灵活地再现了女知青张倩玉在时代风云下的际遇与命运，客观、冷静，发人深省。写作手法除上述两者外，就连在一般文章中很难驾驭使用的第二人称写法，在张建光的笔下也有高水平的发挥——如《两袖清风朝天去》一文，全篇以“你”的叙述口吻讲述了高山区法官郑世堂清廉办公、矢志不渝为民服务的感人事迹，瞬间拉近了读者与主人公的距离，读起来令人倍感亲切，也自然而然地抒发了作者对主人公的赞赏与眷恋之情。

丰富的语言。张建光的散文作品中，口语语言俯拾即是。通读完他的散文作品，丝毫没有发现文章的佶屈聱牙、晦涩难懂之处。因从政之人的社会属性所在，他本是惯于官方语言的，但他的散文通篇使用的依旧是下了官方语言台阶的口语化语言，平易近人、通俗易懂。《金斑喙凤蝶》中“好一个中国五千年文化之蛹蜕变出来的精灵，好一朵无愧于中华民族的国花！”“好”字连呼，脱口即出，如同读者当面交流感情，让人瞬间产生情感共鸣。其次，他文章中的语言结构也有着独特的魅力。如《谁人入住》里的短句使用：“蓝天、白云，蓝瓦、白墙；小桥、流水，木构、低檐；平淡一如无声的山野，美丽却是天成的自然”，这段语言结构简练灵活，言简意赅，意近旨远，给读者留下了极大的想象空间。此外，张建光的散文语言还讲求精美与炼字。《九曲至一曲》的七曲中，“赏秀拔奇伟、千姿百态的形象美；观赤壁褐岩、绿树红花的色彩美；品泉歌鸟鸣、篙点河床的听觉美；看流水游鱼、浮云飞影的动态美；睹雾锁峰腰、雨罩群山的朦胧美。”排比句式对仗工整，炼字运用精干到位，将武夷美景的勃发气象置人眼前，驱使读者纷至沓来。语言是情感的载体，张建光的作品以其见地颇深的思想语言承载了官方知性的情感感悟，用其优美精致的文字道出了意趣生活中的随性感触。他的散文，实现了人品和文品的统一。



### 隽永的哲思性

哲思性，是对自然、社会和人生等的哲学性思考，是指艺术作品中蕴含着的无限哲理。“散文中的哲理，是散文家通过对生活的感受和思考，在谈天、说地、写景、状物中揭示出来的生活的本质和人生奥秘的真谛，从而对时代和人生作深刻的挖掘，提出或回答人们生活中的一些问题。一篇文章，如果散文家对生活没有一点独特感受和独到见解，就不会具有撼人心魄的艺术力，也不会具有较高的文学价值。”

人与自然是可以和谐相处的，山水原本就给人启发。长期生活在世界屈指可数的“双世遗”脚下，人难免会回归本真，对生活对人生产生无限思索。恩格斯指出：哲理是“在最崇高的土地上成长起来的许多高尚的强有力的思想。”张建光的散文是一座生活的博物馆，无不揭示着深刻的人生意义。

时间，一直以来都是文史哲学者们孜孜探索研讨的话题，它在张建光的笔下依旧具有深奥辩证的特质。伫立在武夷主峰黄冈山上，迎接新千年的日出，“人生易老天难老，时空无限的绝对性与生命有限的相对性矛盾，将你我缩小到可以忽略不计的瞬间。人们每时每刻既在这个点上，又不在这个点上，似乎都走向生长，似乎又孕育着结束。生命可以放大成创造的太阳，生命又难以承受之轻（《那一缕霞光》）。”人的一生，肩负的使命很多，责任也有多重，但时光悄然流逝，“逝者如斯”。人生的竞途中，我们无须与宇宙做权衡，只需赛得过每天的日出；待日落之时，不应因虚度年华而悔恨，因碌碌无为而羞愧即可。

武夷山三教同山，儒释道和谐共生，仙凡合一，故其所孕育出的文化必受这三种哲学思想的影响。在中国学术史上有“北孔南朱”之称，这足以表明朱子理学对中国文化的巨大影响，更何况对于闽北散文创作的深远意义了。以释迦牟尼为本师的佛教亦是在武夷山下“同登佛地”，充分体现了佛教的大乘情怀。此外，“心即是佛”是佛教的心性哲学，“极乐世界”体现了佛教的精神境界，“品茶味道”阐释了佛教与禅宗的禅茶一理——武夷山俯拾即是的摩崖石刻就是佛教哲学思想的呈现。《止止有庵》诠释了人生的意味，以道教理论告诫世人

"当行则行，当止则止""止而旋，道止于一，而运行无穷"，醒悟世人修身养性，洗尽铅华。儒家"隐而全志"，佛家"隐而全性"，道家"隐而全身"，儒释道三种哲学思想在张建光的从政理念与为文理想方面都有着深刻的的展现。

张建光的散文有的以整篇文章来阐释哲理，有的在写景叙事之中穿插哲学感思，使读者在多种渠道中启迪慧根、沉淀心灵，并最终在散文感性的基础上同时升华了作家与读者的思想境界，具有较高的文学价值。

## 结　论

张建光是位有强烈社会责任感与家国之任的知识分子。他的散文创作显示出了闽北知识分子的良知和勇气，熔铸着智慧、真诚、忧患和担当，体现了自身对文学艺术的孜孜追求，展现了一方知识分子的精神风貌。



亲历基层的生活基础为其开拓了写作的源泉，对区域文化的研读深刻了他的笔触，海内外的考察经历拓宽的他的写作视野，这些都有利于张建光积累丰富的创作经验，深入了解闽北武夷淳朴的人情世故。他的散文展现了武夷山丰富的社会历史画卷，具有浓郁的乡土情怀、强烈的环境意识和清晰的文化脉络。然而，虽身为政要，但他的散文作品并未拘于一方，局限于官方言语窠臼，相反的是平民化的表述与平易的情感流露——而这正是起点于从政理想的思想高度，落脚于文本作品的艺术深度，是种难得的思想意识形态。

仅就中国当代文坛而言，张建光作品里所体现出的真实感与真性情是文学界一贯推崇的，其形式多样的写作手法及取材和丰富的语言运用也正沿用了散文的灵活体裁，并通过哲思性向读者醍醐灌顶。散文中的武夷生态文学及其所体现的环境意识在当今社会是一股愈演愈烈的文风。武夷山是世界旅游胜地，在某种层面上说，推销武夷山是为了更好的保护武夷山。张建光的散文中有较强的传统文化气息，同时又打上了现代意识的深深烙印。

就政坛影响而言，张建光从官方的大局忧心武夷山的当下及未来，其环境忧患意识也必将引起闽北及中国政界的关注，继之而来的可能就是一系列环境整顿措施。此外，身为一方官员，其究于钻研、竭力宣扬区域文化的为政态度也必将对中国当局的执政理念有建设性意义。

总之，本文尽可能对张建光散文的作品内容、主题思想、艺术风格作出具体分析和整体把握，不足之处，有待日后研究与完善。

（作者为武夷学院人文与教师教育学院汉语言文学专业2010级学生，本文为其本科毕业论文，指导老师谢建娘。）

# 砖雕（后记）

砖雕确实是中国文化的典型载体。它沉淀了岁月人生，表现了艺术精美，寄托了情趣追求，见证了世道沧桑，是民族传统美学的重要遗存，也成为世俗社会独特的人文景观。武夷山文化人邹全荣闻知我出书的意向，特意寄来了他搜集的当地民居古宅砖雕木雕石雕的资料。当年下梅村申报中国历史文化名村时，他整理出“三雕”图案1180幅，砖雕占了一半左右。砖雕虽是泥中之物，艺术上却十分考究，不仅有画家创意的精深，还有工匠技艺的精湛。武夷山下梅吴氏家祠门楼两侧各布局两幅“八仙过海”砖雕。圆形阳刻浮雕，直径均为50厘米，进刀约为3厘米。构图独特大胆，线条洗练夸张。画面突出了大海的汹涌波涛，八位仙人动态各异，纷执法器，各逞神通：铁拐李肩负葫芦，汉钟离轻摇宝扇，张果老敲打渔鼓，吕洞宾身佩宝剑，何仙姑高擎荷花，蓝采和捧着花篮，韩湘子横吹洞箫，曹国舅手执玉版，八仙个个栩栩如生，呼之欲出。砖雕并不纯粹只是为了装饰，里里外外透出的信息，都有很强的价值指向和教化引导。简单的三只羊图案，寓意气象阴消阳长，春回日暖，羊年吉祥平安，取《易经》中的阳卦之意。再一揣摩，还有羊的“好仁”“死义”、羊的“跪乳之恩”，羊大为美种种人文色彩。武夷山所收集的砖雕主题就有几十个之多。诸如砥砺成才的“五子登科”“独占鳌头”；敬老尊贤的“华封三祝”“蟠桃祈寿”；靖忠报国的“穆桂英挂帅”“出将入相”；

劝人行善的“渔翁得利”“钟馗打鬼”，等等。特别让人赞赏的是，中国传统美德、深奥义理都采用百姓喜闻乐见的形式表达，大俗大雅熔于尺幅之间；一只狮子腹下拖着由经纬线连成的绣球，这就是“满腹经纶”；祥云引来一群蝙蝠，便可喻为“天赐五福”；用鹭、莲花、芦苇表达“一路连科”；而荔枝、桂圆及核桃在一个画面中则可以表示“连中三元”；有的图案则直接取材于百姓身边耳熟能详的故事传说，像“姜子牙钓鱼”“刘海戏蟾蜍”“张果老倒骑毛驴”“麒麟吐玉书”等。不需要任何解说，男女老少见之都会会心一笑，入眼入脑。砖雕有诗、有画、有故事、有戏曲，有美不胜收的古韵和情趣。砖雕像不言的老师，天长地久润物无声地化民成俗。

砖雕的意蕴和我的散文的审美取向倒是契合。有些似乎天然约定作为插图和注解。我的《江淹之花》，叙述了一位独享中国两句成语的文人士大夫生花妙笔得而复失的过程，试图揭示“江郎才尽”悲剧产生的原因。砖雕中就有以笔为题材的图案：两管毛笔由绸缎系着，另一端则连着一枚银锭，寓意“必定如意”；有的画面则是一支笔横穿轮子，象征“必将命中”；有的画面又把笔杆插在花瓶之中，那意思就成为“必定平安”。这本集子的篇目都用“之”字冠名，其用意一方面借用文言虚词“之乎者也”，表示我的写作属于文化散文系列。另一方面，“之”字常让我想起书圣王羲之。他书写“天下第一行书”兰亭序，23 个“之”竟无一相同。他似乎告诉后人文学艺术要求变逐异“喜新厌旧”。散文是最自由的文体，因此也留下最大变革空间。这本集子尝试用诗歌的方法、小说的方法、政论文的方法去写散文，并将它们熔为一炉，追求诗、史、哲的统一，描写、叙述、议论并重，试图让每篇文章有诗画的意境、历史的厚重和哲理的启示。我写了延城的水、建瓯的爱、政和的雄、松溪的柔、浦城的花、光泽的光、邵武的福、顺昌的顺、建阳的香、武夷山的古。每篇文章撷取当地自然或社会的一个带有本质特征意象深发开去，横描山川形胜，竖划历史经典，然后阐述其中蕴含的道理经纬。写作过程有如制作砖雕的工匠们——广泛收集素材，苦心孤诣构思，翻来覆去推敲，字斟句酌打磨，炮制的结果未必有砖雕般精美，然而所持的虔诚和艰辛倒和工匠们一样。

本书能够顺利出版，得益于同样喜欢“砖雕”的人们。才华横溢的青年作家石华鹏先生为此书撰文评论。尚未谋面的武夷学院学生李雪雪以我的散文创作研究为题撰写了毕业论文。他们不仅仅是冲我个人和这本书，而是对中国文化与我一样有着不一样的感情。

古宅深深，砖雕沉沉。今夜，动静响起，武夷风打这里阵阵吹过。

**图书在版编目(CIP)数据**

千古风流/张建光著. —福州:海峡文艺出版社,2023.7
(“海岸线”美文典藏)
ISBN 978-7-5550-3387-5

Ⅰ.①千…　Ⅱ.①张…　Ⅲ.①散文集—中国—当代　Ⅳ.①I267

中国国家版本馆 CIP 数据核字(2023)第 138801 号

**千古风流**

张建光　著

**出版人**　林　滨
**责任编辑**　何　莉
**出版发行**　海峡文艺出版社
**经　　销**　福建新华发行(集团)有限责任公司
**社　　址**　福州市东水路 76 号 14 层
**发行部**　0591—87536797
**印　　刷**　福建东南彩色印刷有限公司
**厂　　址**　福州市金山浦上工业区冠浦路 144 号
**开　　本**　720 毫米×1010 毫米　1/16
**字　　数**　176 千字
**印　　张**　12.25
**版　　次**　2023 年 7 月第 1 版
**印　　次**　2023 年 7 月第 1 次印刷
**书　　号**　ISBN 978-7-5550-3387-5
**定　　价**　68.00 元